錦糸町の鬼子母神

赤塚一誠
Akatsuka Issei

風詠社

目次

装画　赤塚一誠
装幀　２ＤＡＹ

錦糸町の鬼子母神

序章

錦糸町は昔も今も場末の街である。

片中千鶴子、雅子母子が何故、千葉県茂原市から松戸市へ出て、墨田区錦糸町へ流れて来たのかは分からない。千鶴子は素行不良だったので、茂原の実家を勘当されたとは聞いた事があった。継母の実家の事など余り詳しくは知らないものである。私は父親赤松浩二の長男なので、赤松家の歴史は江戸時代から調べて知っている。偉大なる祖父龍吉の次男浩二と実母康江の長男が私、真一である。あろうことか、私が四歳の頃、両親が離婚して、浩二は酒浸りの日々を送って、錦糸町の場末のスナックで片中千鶴子、雅子母子に出会ってしまうのである。赤松家の事は後に述べるつもりだ。

千鶴子は千葉県の鶴枝村という田舎で生まれた。昭和二十七年、茂原町、鶴枝村、東郷、豊田、五郷、二宮が合併して茂原市となった。千鶴子は大正二年に生まれて、鶴枝村の小作人だった片中家の貧乏な暮らしに耐え兼ね、佐倉のやくざ者と駆け落ちしたらしい。片中家は代々小作農であり、江戸時代の飢饉時は粟、稗などを喰らいしのいだという。この家が富貴になったことは一度もない。それ故に金銭に対する執着心が異常に高い。金とやくざ者を愛する千鶴子は、昭和十二年に長女弘子、十四年に雅子を産み落としている。雅子の姉弘子の話では、中学時代までは茂原の祖父吾作の農家にいたらしい。弘子は千葉市の高校を卒業後、普通のサラリーマンに嫁いで幸福な生活をしている。問題は継母雅子の人生である。茂原の三流中学を卒業後、松戸市に住んでいた母親千鶴子を頼って家出した。この母子は真面目に農業をやるような勤勉人間ではなかった。二年後、家賃を踏み倒して錦糸町へ流れ着いた。この時代の小悪党は、錦糸町へ流れ着くのである。新宿、渋谷のような大都会で大悪事を働く事ができないのである。五十年前も現在も錦糸町南口は風俗店、キャバレー、ラブホテルが多く、治安が悪い。警視庁の発表では、墨田区で錦糸町の犯罪件数が一番多い。北口もやくざのトラブルが多くて、窃盗、傷害だけではなく、殺人事件も多発している、東京のスラム街と言われている。ちなみに昭和時代までは、錦糸町辺りは本所と言われていた。

昭和三十五年頃、千鶴子、雅子母子は松戸市のアパートから錦糸町公園に程近い掘立て小屋でスナック経営を始めた。私の記憶では、スナックと言えば聞こえがいいが、今でいうトランクルームのような狭く小さな小屋であった。二畳程の小屋に、粗末なカウンター席があり、四人も座れば満員になる。そこに屋根裏部屋があり、雅子に売春をさせていたらしい。当時の東京都では、赤線、青線は廃止されていたはずだが、極道の妻千鶴子はお構いなしに公然と雅子やホステスを利用して売春をやらせていた。その上前は、錦糸町のやくざ宮下組がピンハネしていたらしい。雅子の父親はこの宮下組のチンピラだが、稲川会系の争いで銃殺されたという。

さすが実家を勘当された極道の女である。

雅子が二十三歳の時、錦糸町のチンピラに犯されて身ごもり、長男安吉が誕生した。雅子の連れ子、安吉と私は僅か三ヶ月違いの生まれである。昭和四十四年、康江と離婚した父親浩二は、妹陽子の旦那が経営する運送会社の若造たちと錦糸町へ飲みに行ったのである。千鶴子、雅子母子のスナック蜘蛛の巣へ、発情した雄蜘蛛が誘き寄せられるようにかかってしまったのである。

「何故、龍吉爺様の次男親父が場末街に飲みに行ったのですか？」浩二が死んだ頃、叔母陽子に聞いたことがあった。

「うちの若い者は浅草や錦糸町が好きなのよ」などと、叔母は嘲笑しながら言っていた。

東京の下町は、労務者や職人たちが飲みに行く所だと言うのである。だが、私の親父は資産家赤松龍吉の次男である。銀座ならば理解できるが、錦糸町の場末街に行くのは場違いなのである。おかげで女郎蜘蛛の網に引っかかってしまった。あろうことか、女郎蜘蛛母子の策略と色香に騙されて、雅子と再婚してしまうのである。

「あの小銭持ちのボンボンを手放すなよ」

すでに、肝臓癌に罹っていた千鶴子は、雅子に遺言と鬼子母神の像を託し、死ぬのである。

千鶴子は極道の女のくせに、日蓮宗の鬼子母神信者であった。日蓮宗祖日蓮聖人は安房国（千葉県）は鴨川市片海という漁村の出身である（一二二二年二月十六日）。神童であり、天台宗総本山清澄寺で法華経を学び、京都比叡山延暦寺、高野山に遊学して高僧となる。京都や鎌倉で布教活動をするが、郷里の千葉でも法華経を広めた。そのせいで現在でも千葉県は日蓮宗の信者が多い。何故か、千鶴子は日蓮宗が信仰する鬼子母神に敬慕したようである。

鬼子母神とは、インド仏教の伝説によると女神「訶梨帝母《カリテイモ》」（王舎城の夜叉神の娘）の事をいう。鬼子母は邪悪性質で、他人の子を何人も喰うので、仏が鬼子母の子を隠して悲嘆にくれる鬼子母を諭した。「一子を失う悲しみは、お前が食べた子の母の悲しみである」これ以降、仏教の守護者になったという。安産、保育、盗難除けの女神である。

五十八歳の若さで死ぬ千鶴子は、「訶梨帝母」のように改心して悟りを開くことはできなかった。欲深い性質のまま、邪悪な「訶梨帝母」として、葬式もできずに火葬された。片中家を勘当された千鶴子は、菩提寺に埋葬されることも拒否された。自分の遺伝子を受け継いだ雅子が、鬼子母神像と千鶴子の遺骨を預かることになる。雅子は浩二に甘えて、母親の遺骨を埋葬する為の墓地を買ってもらった。赤松浩二の後妻になってからも、雅子は母親の遺影を台所の片隅に飾っていたのである。モノクロ写真の千鶴子は着物姿で、とても五十代には見えない鬼婆のような怖ろしい表情をしていた。

赤松家

実母康江とは、四歳になる頃、生き別れた。私は当時、神田にあった龍吉爺の邸宅とその前にある浩二が経営する寿司屋の二階で暮らしていた。両親が離婚することになり、長男である私は父親側に引き取られた。実母康江にも親権があったが、二つ下の弟徹次もまた浩二に預け、親権を放棄する形となった。実母康江はその後、多量の睡眠薬を飲み、死線を彷徨ったという。

「ごめんね、ごめんね」

康江との別れの朝、彼女は涙を流し、片方の乳房を徐《おもむろ》に出し、吸うように言った。私は言われるまま、赤子のように母親の乳房を吸った。母は別れゆくわが子に詫びていた。その時の私は、これから四十年以上に亘って、母と決別することになろうとは夢にもおもわず、そのまま眠ってしまった。気付いた時には、母はいなかった。幼い私は、この時ほど実母康江を恨んだことはなかった。

「何故、僕と弟を捨てたのか？」

私は幼稚園児四歳、弟の徹次はまだ二歳である。康江は龍吉が一代で築いたレストラン、寿司屋、フルーツパーラーなどの仕事が嫌になり、妹の旦那と駆け落ちしたそうである。私は東京の空気の悪さと実母康江に捨てられたショックで、重度の喘息患者になってしまったのである。ましてや一年も経たぬうちに、父親が後妻と連れ子との生活を強いたのである。私はヒーローが好きな想像力豊かな幼児であった。このような嘘で固めた地獄図のような家族生活は耐えられなかったのである。幼稚園も休みがちになり、浩二が再婚するまでの短い期間、鎌倉に建てたばかりの祖父龍吉の豪邸で過ごしていた。祖父龍吉は明治の古武士のような男だったので、子供たちから恐れられていたが、孫の私には優しかった。祖父は喘息の私のために加湿器などを購入してくれた。祖母寅は喘息発作の錠剤を飲みやすいように包丁で粉末状にしてくれた。

短い期間ではあったが、私の幼少期、鎌倉での穏やかな季節が一番幸福であった。このまま鎌倉で祖父龍吉と祖母寅の愛情を一身に受けて成長すれば、小児喘息も完治したにちがいない。この年の夏、私は祖父祖母と信正伯父の嫡子一聖の四人で、伊豆大島へ旅行に行った。昭和三十年生まれの一聖とは、十歳年上の親戚ではあったが、私は「一兄ちゃん」と呼んでいた。小児喘息の私とは違い、一聖は健康体の十四歳で、大島元町港の海水浴場の浅瀬を泳いでいた。初めての海水に私は恐る恐る入ってみたが、足元を波にさらわれ溺れてしまった。虚弱体質の私は泳ぐことなどできず、生命力の薄い人間であった。一聖はすかさず私を発見して、救出してくれた。

「真はおばあちゃんと遊んでな！」

その時の、小麦色に焼けた一聖の笑顔を、私はいまだに忘れることは出来ない。この一瞬、一聖は私の命の恩人になったのである。赤子の時は実母康江に、聖橋から神田川へ投げ捨てられ、四歳の夏には大島の海で溺死しそうになるという、私は幼少期に二度も死にそうになったのであった。

祖父龍吉は、明治三十七年、札幌市の生まれである。龍吉の祖父次郎吉が越後蒲原村を出て、北海道札幌開墾団の一人になったのである。次郎吉の嫡男猪太郎が豊平川の辺で林檎園を始めて、長男寅次郎と共に家業を手伝っている。龍吉は東京の文化に憧れを抱いており、レストランをオープンする夢があったのである。十五歳時、中学を中退して東京へと向かった。

「東京は天国だったよ」

生前の龍吉は言っていた。厳寒地北海道で辛い林檎園の仕事をすることを思えば、百万都市の東京には天国のようなモダンな文化があったのであろう。鎌倉の龍吉の邸宅には、世界中の絵画が飾ってあったのを覚えている。龍吉は帝国ホテルのシェフになるための修業をしていた。たまの休みに銀座などの映画館でチャップリンの映画を観るのが楽しみだったという。やがて職場のウエイトレスだった寅と出会い、結婚をする。豊島区の借家で三男二女に恵まれた。太平洋戦争により、帝国ホテルも辞めて札幌の実家に疎開したようである。

「そりゃ、恐ろしい爺さんだったよ」

などと、生前の浩二が私に言っていた。戦後、神田に自宅を建て、昭和四十年頃、七階建てのビルを建築して、夢であった十字屋レストランを開業した。

「当時、東京で一番美味しい珈琲が飲める店は十字屋でした」

十字屋の従業員だった「ドトールコーヒー」創業者がそう回顧している記事が、新聞のコラム欄に記載されていた。その後、十字屋の前にフルーツパーラー、寿司屋、天ぷら屋もオープンさせていた。フルーツパーラーを長男信正に、天ぷら屋と寿司屋を父親浩二が任されていた。長男と三男武は遊び人だったので、真面目だった浩二を自分の跡取り「株式会社十字屋」専務取締役に指名していたのである。

だが、親の期待を裏切り、浩二は後妻業の鬼子母神の網の目に引っ掛かり、地獄絵図の晩年を迎えることになるのである。祖父にすれば、自分たちが探してきた実母康江に裏切られたことで、計算が狂ったのだろう。長男信正は帝國海軍予科練神風特攻隊の生き残りであった。出撃の前日に終戦を迎えた。戦後は愚連隊に入って暴れていたそうだが、昭和三十年、子供が生まれると龍吉の言いつけを多少は聞くようになったそうだ。だが、神田駅前のフルーツパーラーは売上がよく、その売上金を持って神楽坂の料亭で芸者遊びをしたそうである。三男武もまた、金はあるだけ使ってしまう江戸っ子気質の男であった。浩二は龍吉の言いなりになって、産まれたばかりの私を連れて、築地市場へ寿司ネタの仕入れに行っていた。金銭的にも無駄使いをするような男ではなかった。ただ、酒に対しては長男三男と同じくらいだらしなかった。補足すれば、バカがつく程のお人好しで、女好きでもあった。妹陽子の旦那が経営する運送屋の従業員に奢ってやり、ホステスにチップを配り、財布から万札を抜き取られても分からないバカ息子であった。どこの会社も創業者は偉大であり、二代目はバカ息子と決まっている。赤松家もそういう不幸な創業家だったのである。この後、長男信正は四十五歳時、肝臓癌で死に、三男武は五十九歳、糖尿病で早死にする。

話を戻すと、実母康江と父親浩二はお見合い結婚である。長男信正と三男武が結婚して子供が出来ると、祖母寅が三十代に入っても独身の浩二を心配して、お見合い相手を探してきたのである。北区の本屋のお嬢様、康江と浩二は昭和三十九年の春吉日に結婚をした。新婚旅行は和歌山県白浜まで行ったようである。

「余りにも遠いところなので、途中で帰りたくなったわ」

父親浩二が死んだ後、邂逅した私に実母康江は思い出を語っていた。その時、本当に東京へ帰ってくれたら私は生まれなくて済んだのである。

晩年の実母康江は夫に先立たれ、湯河原町のリゾートマンションで余生を送っていた。平成二十三年、父親浩二が認知症の末に死亡する前年、弟の徹次が市役所などで実母康江の居所を探して、私が暑中見舞い葉書を書いて四十年振りに実の母子が邂逅したのである。

「ごめんなさい。ごめんなさい」

湯河原のマンションで、母親は涙を流して何度も私に詫びていた。

『前略、母上様

残暑お見舞い申し上げます。年月の経つのは早いものであれから四十年も過ぎましたが、その後、お変わりなくお過ごしでしょうか。

年月時の流れはどんなに淀んだ水も、三島の湧き水のように、浄化してくれるものでございます。実子二人共に、母上のご長寿を心より願っております。草々不一真』

などと、心にもないことを葉書に書いてしまった私は、その日は母親を許すふりをして別れた。だが、正月休みに弟の徹次と共に湯河原の母のマンションで過ごした後、昔年の恨みをメールで送ってしまった。

『よくも幼子を捨ててくれたな。そんなことは動物でもしない』

私は、父親浩二への香典代を渋った実母康江の貪欲さが継母雅子と重なり合って、人間として赦せない気持ちになってしまったのである。弟の徹次は母親に捨てられた記憶がないので、現在の八十歳近い老婆との付き合いが可能だったのであろうが、私は母親が幼稚園に迎えに来たことも、『母親の似顔絵』を描いて渡した時の嬉しそうな表情も明瞭に覚えていた。私は実の幼児の優先順位が、妹の夫より下にされた事実を理解することができなかった。

(何故、捨てたのか?)

動物ならば、母親が幼児を捨てたならば、それは即死を意味するであろう。人間の母親はよく平気で子供を捨てられるものである。こういう母親は、動物よりも退化しているのではないか。父浩二と離婚したことなど、母は散々と言い訳を繰り返していた。

「祖父祖母にこき使われた。男子は居間で食事をするのに、私たち嫁は、台所で喰わされた。産後休みもなく、働かされた」等々。

儒教に基づく、大家族制度のあった日本では、嫁が旦那と舅、姑に仕えるのは当然であった。女子は子供を産み、一人前に育てるのが仕事である。だが、実母康江も継母雅子もまた、六十年代の新しきアメリカナイズされた日本女性であった。父母と別々に暮らすのは当然だし、子供より自己を中心に考えるのが当たり前。離婚が日常茶飯事の、戦後の太陽族のような日本女性だったのである。アメリカとの戦争に敗れたことで、二千年の日本文化、伝統、儒教、仏教を全て排除することに成功した。それが六十年代以降の日本人なのであった。とくに錦糸町の鬼子母神娘の雅子は、戦後、最も欧米化した女であろう。

平成二十四年三月、父浩二の葬式の前に、私たち兄弟は実母康江の元へ行った。

「私の分も拝んできてやってね」

実母康江は、父浩二の香典代を私たち兄弟に渡して言った。自分が、父浩二と幼児二人を捨てたことに対する自責の念が、多少はあったのであろう。三万円の入った香典袋を私に渡し、実母康江は私たちを湯河原駅へと送ってくれた。

「複雑な思いがあったよ」

湯河原駅のプラットホームで、弟徹次はそんなことを言っていた。思えば、弟が母に捨てられたのは二歳の頃である。記憶が全くないのは仕方ないだろう。四十年間も継母雅子が本当の母親だと思って生きてきたのである。

「あんな頑固親父と一緒じゃ、離婚するに決まってらぁ」

などと、軽口でも言わなければ、心の均等が保たれなかったのだろう。

弟徹次は、東京方面の電車で帰った。静岡行きの下りホーム側から、相模湾に浮かぶ伊豆大島が悠然と見えた。私が今、このプラットホームで春風を感じていられるのは、あの大島の海で命を助けてくれた一聖兄のおかげである。私は何故か、溢れ出る涙を抑えることができなかった。実母康江に捨てられ、継母雅子に虐げられて育ったことが悔しかったのか、心を交わすこともできずに父浩二が死亡してしまったことが悲しかったのか。苦労して来た私を哀れんで、香典を包んだ実母康江に一滴の優しさを感じたのか。私には、涙の理由が分からなかった。

「もうすぐ、桜が咲くわねぇ」

ベンチに腰掛けている老婆が、皺しわの笑顔で話しかけてきた。

「そうですね。もうすぐ、また春が来るのですね」

私は涙を拭い、微笑して言った。梅の季節もいいが、春爛漫の湯河原も美しい所だろう。また、本当の母子で湯河原に来てみたい。どこにでもいる何てことのない親子こそ、人間の本当の幸福な姿なのではないだろうか。

『恨みを水に流せ。恩を石に刻め』

私は、日蓮大聖人のように母親に対する恨みを水に流すことなどできなかった。実母康江の片中母子と同じような冷血さを感じた私は、それ以来、実母康江には会うことはなかった。十六歳時、継母雅子に追い出された私に対する父親浩二もまた、肉食動物のように成人した私を邪険にしたのである。つまり私は、三人の鬼畜のような親に捨てられたのである。父親浩二死亡後の、継母雅子との相続裁判の事は、後に述べる。

サルビアの丘

継母雅子の執拗な求婚に、ついに父親浩二は陥落して籍を入れてしまった。やくざ者の連れ子安吉も養子にしたのである。龍吉、寅は猛反対したが、従順な次男浩二が初めて両親に逆らったのである。貧窮に喘ぐ雅子の言いなりになった浩二は、この後も何度も繰り返し龍吉に刃向かうのである。赤松家の嫁は皆、龍吉の商売を手伝うのが習わしだったが、雅子だけはどの店も一切、補助しなかった。六十五歳を過ぎた龍吉は鎌倉で隠居生活をしており、株式会社十字屋の代表取締役社長は父親の浩二であったのである。茂原の百姓家出身で錦糸町の貧乏人雅子は、ついに人生で初めて社長夫人へと成り上がったのである。雅子は戦後、アメリカナイズされた日本の典型的な女性であった。儒教思想を無視した、利己的遺伝子だけで生きる爬虫類脳だったのである。

鎌倉で幸福な暮らしをしていた私を拉致して、錦糸町の隣町平井などという所で浩二と雅子の七十年代の病んだ日本人核家族生活が始まったのである。私はヘドロの川沿アパートから、神田小川町の小学校へ通っていた。学校の帰りは、神田駅前の父親浩二が営業する寿司屋に寄って帰った。神田駅前裏地に龍吉の家がある頃は、私と父親は寿司屋の二階に住んでいたのである。父親浩二は毎日、近くの銭湯に連れていってくれた。私が野良猫を飼いたいと言えば、喜んで我儘を聞いてくれた。その時の銀色の野良猫は「タマ」と名付けた。雅子の蜘蛛の巣に掛かるまでの父親浩二は私に優しかった。

ある時、寿司屋の二階で私とタマが遊んでいると、タマは私に抱きかかえられるのを嫌がり強烈にひっかいてきた。私の両手首は血だらけになった。

「タマにやられた〜っ」

私は、階下にいた浩二に助けを求めた。私の両手首の鮮血を見て、浩二は厨房の出刃包丁を取り出して二階へ駆け上がっていった。

「あのどら猫がぁ〜っ」

鬼のような父親浩二の形相に、恐れをなしてタマは逃げていった。

後日、小学校から帰ると、店の前で無念そうな顔をしたタマが死んでいた。

「どうだ、真。仇はとってやったぞ」父親浩二は鬼畜のような赤ら顔をして言った。おそらく、タマを罠にかけて毒殺したのであろう。それ以来、私の喘息は悪化した。平井の内科医院の医

者は、

「都内の空気は喘息患者に悪い。都下の田舎で療養しなさい」などと診断した。

それ故に、父親浩二は東京都下三多摩丘陵の一角に家を建てたのである。一九六〇年代の三多摩丘陵地区には、日本住宅公団が住宅団地を何百棟と造成していたのである。小田急線沿線のニュータウンには、新設したばかりの団地街が多くあった。駅前から赤松家までの道のりには百棟近くの団地が完成していた。テニスコート、公園、商店街、小学校があった。小学校の裏道の丘には、赤いサルビアの花が一面に咲いていた。小学生の私は、サルビアの蜜を吸いながら帰宅したものである。当時の三多摩はまだ田舎と変わらず、空気も良く、透明な小川が流れ、鮎、鱒などが釣れたものである。林に行けば、クワガタやカブト虫も捕れたのである。おかげで私の喘息発作も治まってしまった。

サルビアの花言葉は『知恵』『尊重』である。健康体になった私は、仮面ライダーごっこをして、サルビアの丘を転がるのが好きであった。赤い花びらが私の額、唇、手足、胴体にまとわりつき、サルビアの深紅の赤は、まるで人間の鮮血のようであった。私にとって、サルビアの花からは尊重さなど一片も感じられなかった。人間の血のようなサルビアの赤い花は、人間の『破滅』、『死』こそ相応しい。

小学校から赤松家までは僅か八〇〇メートルではあるが、サルビアの花は一年草で、花期が長く冬でも幽かに咲いていた。それ故にサルビアの丘には、距離感や四季というものを感じたことがなかった。私はこの丘で、小学校二年から十六歳まで八年近く過ごしたが、深紅に揺らぐサルビアの花しか印象にない。十六歳時、継母雅子の虐めに耐え兼ね、漫画家を目指して家出した私は、二十二歳の正月に一度帰宅しただけで、父親浩二死亡の際も実家には帰っていない。私にとってサルビアの丘は、死への旅であり、地獄の入り口のように思えてならないからだ。中学二年時、私の部屋を養子安吉に奪われ、父親浩二が建てた家を破壊され、妖怪婆雅子と連れ子の二世帯住宅にされた環境など見たくもない。相続時に奪い取られた家など、私にとって何の愛着もないのである。錦糸町の場末ハウスに住んでいた母子にとっては、執着しかない新興住宅地の住宅だろうが。本当の母親の愛情に飢えていた私にとって、サルビアの花を見るたびに母子共々、家ごと放火したくなる衝動に駆られる。農夫が雑草を刈り取るように、何百本ももぎ取り、蜜を吸い取り、破壊させたくなるのである。

このサルビアの丘に佇む一軒家で、私は無念の最期を遂げた銀猫タマの霊魂をよくみた。タマはただ座り、私の両眼を凝視しているだけである。その背後から雅子が突然現れて私を呼ぶのである。タマは雅子の足元へ行き、雅子と同化して消えてしまう。雅子はやがて黒い影となり、当時流行していた漫画「デビルマン」（作・永井豪）に出てくるサタンのように不気味な微笑をするのである。

「まさか、タマは雅子に化けたのか？」

タマを毒殺してから、親父は錦糸町の場末街に行くようになった。時期的には一致している。

猫は化けて出るといわれている。飼い主に殺された猫が化け猫となり、主人を呪い殺す伝説などがある。昔から猫は魔性のものとされ、九つの命をもち、九回生まれ変わるともいわれている。日本では猫は冥界の使いであり、年寄になると悪魔となって害を及ぼすとされてきた。キリスト教でも猫は悪魔の使者であり、忌み嫌われてきたのである。

霊感の強い私には、雅子の背後に銀猫タマの姿が重なり合って見えたのであった。サルビアの丘の家での雅子は、継母に懐かない私を執拗に虐めて私の部屋も安吉に与えた。内装をするからという理由で、浩二は雅子の言い成りになって了承した。中学三年の夏、私がオナニーをしているのを発見した雅子は、

「いやらしい男ね。出ていきなさい」

ヒステリックに叫び、近所の奥様三人を自宅に呼び、私が見ていたエロ本をおかずにお茶会を開いていたのである。中学生が女性の裸に興味をもつのは、健康体の証であろう。小心者浩二も、実の長男を助けることをしなかった。恥をかかされた私は部屋に籠るようになり、ただひたすら大好きな漫画を描いていた。尊敬する龍吉爺様が東京のモダン文化に憧れを抱いて家出したように、十六歳の春、高校の入学式も出ずに、私はサルビアの丘の家を旅立ったのである。

東京生まれの私は何故か、静岡県の金谷駅へ行き、大井川鉄道のＳＬに乗り千頭駅で降りてバスで井川ダムへ向かった。峻険な富士山麓の山を登り甲府へ抜けたかったが、山小屋の主人に「そんな軽装では登山は危険だよ」などと言われ、諦めてその日は井川村の民宿に泊まった。

人一倍繊細な十六歳の家出少年には、夕食が喉を通らなかった。龍吉爺様の東京の一夜もこのような感覚だったのだろうか。大正六年に上京した龍吉は、小僧でも雇ってくれた土方やウエイターの仕事をして喰いつないだ。夢であった帝国ホテルのシェフ見習いになり、十年の修業を経て洋食のシェフになったのである。戦後、神田の家で徐《おもむろ》に台所へいき、マヨネーズを作ったというから素人でないことが分かる。昭和四十年代、レストランやジャズハウスの入った七階建てのテナントビルを建築した。駅前の一等地に寿司屋、天ぷら屋、フルーツパーラーを経営する。今でいう多角経営者であろう。六十五歳時、鎌倉市材木座海岸に程近い場所の豪邸で悠々自適な隠居暮らしをした。まさに成功者の人生だといえるだろう。私が家出したこの年の五月、龍吉は突然死するのである。私は練馬区にある新聞屋の寮で龍吉の死を知った。私は霊感が強かったので、夕刻の茜色の空を斜めに昇っていく龍吉の姿を見たのである。

「龍吉爺さん、天国へ行ったのか」

私は止めどない涙を流して、練馬の街をさまよった。商才のあった龍吉には適わないが芸術的才能はあるつもりであった。私は漫画家のM宮ひろ志に自分の描いた漫画を送り、アシスタントに採用された。千葉県市川市にM宮プロダクションはあった。私は、仕事場の近くにあるアパートを借りた。私は水を得た魚のように、漫画の仕事をするようになった。一年位いただろうか、十八歳時、集英社の漫画雑誌の新人賞を受賞して、翌年、漫画家デビューをしたのである。このまま連載をして読者の人気を勝ち取れば、私はエリートコースに乗った漫画家になれたのであるが、漫画界は人気商売である。人気投票が下位だった私は、半年ほどで解雇されてしまった。その後、二流雑誌などで連載をしたが、何故かいつも私の漫画は人気がなかったのである。

私が十八歳になる晩夏、命の恩人である一聖が突然、飛び降り自殺をした。この頃の私は新宿六丁目のアパートに住んでいた。一聖は、同じ新宿にある京王プラザホテルの屋上から飛び降りたのである。七十年代から核家族化した赤松家では、親戚付き合いなど皆無であったので、私は一聖の居所さえ知らなかった。目と鼻の先にいながら、私は命の恩人に恩を返すことができなかった。一聖の自殺の理由はよく分からない。写真家になる夢が叶わなかったから、彼女に容姿のことで侮辱を受けたから、母親から虐待を受けていた、等々。いずれにせよ、赤松家の嫡男は滅んでしまった。

『人間は誰しもが死を迎えるのだ』

一聖は、大島の海で私の命を救った十四歳の純粋な神経のまま、二十八歳の短い生涯を終えたのだ。純粋無垢な一聖の瞳は、私の脳裏から離れたことはない。一点の曇りも無い繊細な人間が社会に絶望した時、何の迷いもなく自死を選ぶのである。弱肉強食の社会で、十代、二十代、三十代と生きていくにつれ、少年の純潔さは消え失せ、社会人としての狡猾さを身につけていく。四十代、五十代ではさらに人間性は醜くなり、狡賢い動物へと退化していく。六十代、七十代から先の老後は、頑固で小心な、老化しただ死を待つのみの憐れな生物になるのである。人間は死の苦しみから逃れようと、信仰を求めたり、もがき苦しむのである。古来の偉大な宗教家たちは、彷徨う人間たちの為に、極楽浄土の存在を信じさせて、人々を救済しようとしたのである。

一聖の自死も知らずに、二十三歳になっていた私は、友人漫画家の手伝いをして生きながら得ていたが、利害関係のある友達などあり得ない。私を蔑むようになってきた友人を見限り、漫画家を挫折した私は、全国への放浪の旅に出ることにしたのである。二十五歳の秋のことである。

それからの私は、放浪者の日々であった。祖母寅が死んだことも知らずに、ただひたすらに労務作業に従事し、生活に追われる毎日であった。

「この地獄は、タマの復讐に違いない」

銀猫タマの無念の最期を思い、私は耐え忍んだ。

相続裁判

この小説は私の自叙伝のつもりで書いているわけではない。それ故、私の恋愛遍歴を書くつもりはない。あくまでも主人公は『錦糸町の鬼子母神』雅子である。

継母雅子は、サルビアの丘の家での生活が余程気に入っているようであった。朝九時に浩二を送り出したら、夜は十時過ぎまで帰宅しない。十字屋の営業時間が二十一時なので、浩二はそれからスナックなどに飲みに行くので、午前〇時になることもあった。つまり浩二は我が家には眠るために帰って来るのである。この時期の日本人は、日曜日しか休まないので、平日は浩二と朝晩二時間位しか会わないですむのである。日曜は早朝から伊豆天城のゴルフ場へ行ってしまうので、雅子にとっては「亭主元気で留守がいい」そのものの仮面夫婦なのであった。七十年代までの日本人の妻は、圧倒的に主婦が多かった。亭主を送り出したら、掃除、洗濯をして後は昼メロドラマを観るか、昼寝をしていればいいのである。浩二から毎月十万円の生活費を貰って、ヘソクリまで貯めていたそうである。いい気なものであろう。

私が中学生になる頃には、この夫婦には倦怠期が訪れていた。性欲も減退していた浩二は雅子とはセックスレスだったようである。その証拠に雅子はヒステリックになり、私を執拗にいたぶるようになってきた。オナニー事件の行動をみたら一目瞭然であろう。私は家出してから六年後、浩二がサルビアの丘の家を再建した正月に、仕方なく帰郷したら、雅子は私の部屋に薬品「バルサン」を焚いて追い出した。浩二から渡された二万円を乞食に恵んでやるように私に渡した。

「売れたらこの二万を返しに来い」

と、鬼畜母のような顔で言った。こういう薄情な、蛇のような夫婦とは二度と会うことはないとこの時、私は自分に誓ったのである。

それから二十年間、私は地獄のような放浪の日々を過ごした。漫画家に挫折した私は、愛好していた漫画、小説、映画脚本、写真のことも全て捨て去り、金がなくなれば関東近郊のホテルや旅館で住み込みの仕事をして生き永らえた。

平成二十四年三月十九日、重度の認知症患者で、胃瘻状態の浩二が突然、鶴川病院にて心筋梗塞で死亡した。思えば父親浩二は前妻後妻の悪女に騙されし人生であった。先妻康江は、私と徹次を産んだが男好きの怠け者で、赤子を聖橋の上から落とす破綻者であった。この時、神田川に飛び込み、私を助けてくれた青年がいた。

後妻業の雅子は、錦糸町の鬼畜母の娘である。赤松家の財産目当てで浩二に取り入り、龍吉の特有財産を略奪し、重病の父親浩二を放逐した鬼畜母。この前妻後妻を野放しにしたまま、父親浩二は黄染の国へ旅立ってしまった。長男を邪険にして、飢え死にさせようとした小心者ではあったが、私は儒教思想を信じる嫡男である。父親浩二の無念を晴らす為、せめて後妻業の雅子一匹を鬼退治せんと誓った。

「俺がもっと早く知っていたら、尊厳死させてやったのに」

私は、連絡してくれた実弟の徹次に言った。九年間も終末医療をした末の最期であった。雅子の入れ知恵で、私への連絡が死亡後二時間後だったことが許せなかった。雅子は親戚も呼ばないで、家族葬をするつもりであった。通夜葬儀は三日後の土日になった。三多摩の葬祭ホールで、参列者は雅子の姉弘子の家族三人と安吉の女房とその両親、合計十人の寂しい葬儀になっていた。

「後で叔母さんたちに怒られるぞ」

私は言ったが、実際その通りになった。浩二の実妹も呼ばないのだから、礼儀知らずも甚だしい。雅子は、赤松家の人間たちから嫌われており、雅子も極道の鬼畜母の娘だけに好戦的であった。

「何事も辛抱だ。親父を成仏させるまでは」

もはや四十五歳になっていた私は、父親を火葬して葬儀終了するまでは普通の長男を演じてみせた。実際、雅子や安吉、弟の徹次とも二十三年振りだったし、他人のような感覚になっていたのである。だが、翌月まだ四十九日も終わらぬ日に、雅子から遺産分割協議の知らせが、私が当時住んでいた沼津のアパートに届いた。

「正体を現したな。錦糸町の鬼子母神娘が。弁護士など雇いやがって。相続は会計士が専門だろうが」

雅子は自分が遺産を有利に貰えるように、東京の弁護士事務所に遺産分割協議を依頼していた。無論、その報酬は父親浩二の遺産から出すのである。

父親浩二の遺産は、東京都千代田区にあるビル一〇〇パーセントの権利。龍吉のビル一棟三〇パーセントの持ち分、及び株式会社十字屋の出資株二八パーセント。川崎市の自宅。預貯金一千万である。弁護士法人の分割試案を見ると、ほとんどが雅子のものになっている。私の権利は親戚との共有ビル十字屋のわずか七パーセントのみである。この十字屋ビルは、一代で財産を築いた龍吉の血と汗で建てたテナントビルである。龍吉が嫌っていた錦糸町の場末娘に所有権があるわけがないのである。父親浩二の葬儀に親戚も呼ばないくせに、叔母たちと共有しようとは厚かましいにも程がある。

「あんたは貧乏だから印鑑も作れないだろう。ほれ、これを実印にしなさい」

などと雅子は言い、私の手元に「赤松真一」と彫られた印鑑を置いた。この後妻業の雅子は、細木数子のように目下の人間を「あんた」と呼ぶのである。ジャーナリスト溝口敦の本によると、細木数子は終戦後の渋谷青線地帯出身の極道の女である。島倉千代子の後見人になり、ギャランティを略奪して、占術本をパクリ、墓石、仏壇販売をして億万長者に成り上がった、とある。雅子もまた、錦糸町の場末極道の女千鶴子の娘である。性質の悪い女は言葉遣いまで似るものである。浅ましい食欲、性欲、金銭欲をもつ欲深、意地汚い人間が何故か、長生きする。畜生と同じ狭小な脳細胞と生命力があるからだろう。

私は即答を避け、静岡県沼津市に戻って雅子との戦いの準備に取り掛かった。雅子弁護団は、私に印鑑登録証明書を作り事務所に送るように言ってきたが、後妻弁護団と全面戦争をする覚悟を決めた。その理由は、後妻雅子の法定権利逸脱行為及び、私に対する差別、法定権利の侵害である。

五月になって、私は家庭裁判所に家事調停の申し立てを行った。私は十六歳から三十年近く、親に迷惑もかけずに一人で生きてきた。ホテルの下働きの給金など最低所得者とほぼ同じなのである。私たちのような貧乏人の為に、国は法テラスという制度を設けてくれている。無料で弁護士に相談でき、訴訟費用の手助けをしてくれる。

「川崎家庭裁判所で争うならば、横浜近郊の弁護士を雇いなさい」と、相談に乗ってくれた静岡市の弁護士は言ってくれた。「あなたには六分の一の法定権利がある。後妻雅子の行為には問題がある」

静岡市の弁護士はそう言い、父親浩二の預貯金口座の明細を調べなさい、と教えてくれた。家族ならばそれが出来る事を初めて知った。私は早速、みずほ銀行へ行き、父親浩二の戸籍抄本と私の戸籍、印鑑登録証明書などを持参してこの二年間の浩二の口座取引明細を調べた。十日後、届いた資料によると、やはり後妻雅子が全額引き出していた事実が分かった。あろうことか、死亡後も通夜葬儀日にも百万ずつ引き出していた。

私は裁判に備え、酒煙草もやめて死に物狂いで働いた。今後、弁護士を雇うしかなく、裁判費用がいくらかかるか分からなかったからである。その後、家庭裁判所から第一回調停の知らせが届いた。「七月四日」だという。調停は三、四回の話し合いで決着するというデータがあるが、まさか一年以上にわたって高等裁判所までもつれるとは、この時は予想だにしなかった。

七月四日午前十時、私は川崎家庭裁判所へ一人で向かった。申立人待合室には、二十人位の人々が待機していた。皆、弁護士が隣に控えていた。

「こんな家事事件でも弁護士がつくのか」

私は法曹界など初体験であり、不安であった。

調停室には、相手方とは別々に入り、調停委員二名と懇談する。

「これが相手方弁護士の示した試案です。あなたに不利なことは書いてないと思いますけど」

などと、事務員みたいな婆調停員は言った。もう一人の初老調停員も相手方弁護士の手先のようなことを言う。

「お断り致します」

四月の時点と全く変わらず、私は即座に反対した。調停員二名が雅子の弁護ばかりするのでウンザリしてきた。

「雅子はこのように、父の口座から窃盗行為をしました。相続人の一人がこのような勝手なことをしていいのでしょうか？」

私は、みずほ銀行から送られた取引明細書を見せて言った。調停委員二名は多少、うろたえてその資料を見ながら、

「では、相手方にこのお金の使途を明確にして欲しいわけですか？」などと言った。

「返金に決まってるでしょう」

私は、この事なかれ主義の調停委員には、何も期待していなかったので、声を荒げて言った。

「それは出来ません」

事務員は、雅子弁護団の一味のように言った。

「とにかく、次回までに使途不明金を明確にしてください」私は言いたいことを言って、裁判所を後にした。

（やはり素人ではなめられる。皆が弁護士を雇う気持ちが分かったわい）私はその足で、十字屋ビル管理人の友人である弁護士事務所を訪ねた。

『窃盗犯・片中雅子糾弾書
後妻片中雅子は、平成十五年より認知症になりしわが父赤松浩二の特有財産を毎月に亘り窃盗行為をした。重病者の浩二を公証役場に連行し、自分に財産を譲るように偽文書を作成し、公証人を騙そうとした。本来、重度の認知症患者は成年後見人を立てるべき所、資産を自分の口座へ入金できるように顧問弁護士と画策し、任意後見人を選択して悪謀を公然化した。赤松真一は、親族、十字屋役員と共に、任意後見人解任請求をする。（任意後見人法第八条）直ちに正義と公正な成年後見人を立て、わが父の尊厳を守る為、資産を凍結し、管理して頂く事を申請する。後妻・片中雅子の九年間に亘る窃盗行為（民法第七六二条違反）及び、妻相続権利二分の一逸脱行為の清算また、浩二名義住宅を自分名義に有印文書偽造し、解体した責任を追及せんとす。

刑法上、窃盗罪が適用されない法の抜け穴を利用した、業務上横領罪に於いても提訴するつもりである。（刑法第二五三条）（民法第七六二条）夫婦間で一方が婚姻前から有する財産及び婚姻中、自己の名で得た財産は、その特有財産とする。夫の財産管理権は、夫婦といえどもその財産的独立性と平等性が守られるべきである。

平成二十四年五月十三日　赤松真二』

私は、十字屋ビル管理人の山本博翁と、本郷にある井上蔵六弁護士事務所を訪ねた。この二人は東京大学法学部出身の七十四歳の同級生である。

「雅子さんと争うならば、井上弁護士を紹介するよ」

龍吉が採用したこの山本博は、父の代になっても十字屋ビルの経理と管理人をしてくれている。司法試験には合格した事がないらしい。

「感謝します。報酬は相続したら支払います」私は裁判所に提出した上申書を井上弁護士に見せた。

「これを君が書いたのかねぇ、なかなか良い文章だ」

などと老弁護士は言い、正義は私にある事を告げた。この井上弁護士は、若い頃は優秀な弁護士だったそうだが、相手方は丸の内に事務所を構える弁護団なのである。

「私はたとえ身内といえども、遺産独り占め行為は許せないのです」

と、私は言い、雅子の不正行為を井上に説明した。みずほ銀行取引明細書をしばらく見ていた井上は、ワープロで契約書を作成しだした。

「引き受けましょう。着手金は支払える額でいいですよ。報酬もそんなに取らないよ」井上は、私が金のないことを知って、後払いで依頼を受任してくれた。

「ありがとうございます。先生、私にできることはありますか？」

「後妻さんの取引明細書をもう少しさかのぼって調べてください。私は任意後見人時代の使途不明金記録を謄写してきます」

と、井上は言い、次の調停までに、雅子がいかにいい加減な任意後見人だったかを調査してくれることを約束してくれた。

梅雨も明けた初夏の暑い日のことであった。私は弁護士費用を用立てる為、馬車馬のように、沼津のホテルで働いた。そうしているうちに、裁判所から第二回調停の通知がきたのである。

八月十三日、お盆前の酷暑の決戦であった。川崎家庭裁判所申立待合室で待機していた、相手方弁護士との会議を終えた調停委員が申立人の入室を告げた。

「相手方弁護士の話は終わりましたけど、井上弁護士はまだでしょうか？」

井上弁護士がまだ到着していないので、調停委員はかなり苛立ちをみせていた。

「さぁ、電車が遅れているのではないでしょうか」

と、私がとぼけていると、老弁護士が謝りながら申立待合室に入ってきた。

「いやぁ、申し訳ない。風邪をひいてしまって、病院に行ってました」

「先生、大丈夫ですか。今日はやめにしましょうか」心配する私をよそに、井上弁護士は笑っていた。

「とにかく時間がありません。相手方弁護士の新しい試案を渡しますので、次回までに検討してください」

調停委員二名はそう言って、老弁護士の体調も気にしないで資料を渡していた。

「はい、検討しましょう」老弁護士はそう言い、私との打ち合わせの為に川崎の喫茶店へと行った。

「先生、体調悪いのにすいません」

「いやぁ、注射打ってもらったら、治りましたよ」井上弁護士はどこから見ても健康体に見えた。

「それより、相手方が折れてきたよ」

と、老弁護士は言い、相手方弁護士作成の試案2を私に見せた。先月の試案に比べ、私の不動産持ち分が一口増えており、雅子が十字屋ビルから完全撤退していた。

「うん、これなら調印してもいいんじゃないですか。先生」

私としては、雅子が本丸ともいうべき十字屋ビルの持ち分を放棄したので満足であった。この九年間の雅子による使途不明金は納得できないが、病気の父親浩二を任せてしまった負い目もあったので、現金はくれてやるつもりだった。

「いやぁ、こんなんで妥協しちゃだめだよ。預貯金も六分の一法定権利があるんだから。報酬はこの預貯金から貰うつもりなんだからね」と、井上弁護士は言った。

「はぁ、確かに」

私は現金に対する執着心はなかったが、弁護士報酬は父の預貯金に頼るしかなかったのである。

「先生にお任せします」

私は一度はこの試案2で妥協するつもりだったが、老弁護士と十字屋ビル管理人に説得され、泥沼の調停、審判へと争いを続けていくのである。

第三回調停日、十月十五日

井上弁護士は数十頁に亘る「裁判準備書面」を用意し、申し立て人室で待っていた。

「先生、このまま調停をダラダラとやってても埒が明かないので、審判へ移行できないでしょうか」と、私は言った。

「うん、分かった。裁判官を呼んでもらおう」

そう老先生は言い、調停委員二人に、審判移行を要請してくれた。

「では、調停決裂ということで良いのですね？」

初老の審判官は、私と双方の弁護士に言った。相手方弁護士は返事を渋っていたが、

「申し立て人は審判を望んでおります」

という井上弁護士の一言で、次回は最終審判に決定した。

私は自分が裁判に関わるとは、夢にも思わなかった。日本の裁判制度というのは、なぜこうも遅くて、時間がかかるものなのか。調停は四十日に一回しか開かないそうである。なぜそうなのか、根拠も明瞭にしないのである。刑事事件はさらに遅く、死刑判決文が十年後に出ることも珍しくない。十年間も拘置所の中で、聖書ばかり読まされたら、どんな殺人鬼も牧師のような人格になってしまうのではないか。

「刑務官の皆さま、お世話になりました」と言って、絞首刑になった死刑囚もいたそうである。殺人犯を死刑にするならば、江戸時代のように、逮捕した翌日あたりに市中引き回しのうえ、磔獄門にすべきであろう。費用もバカにならない。裁判所に訴訟申立をするだけでも、印紙代、郵便切手代、何万も必要だし、弁護士費用は着手金だけでも二十万円はいる。無論、法テラスを利用すれば、少しは国が支出してくれるが、後々その金は返済しなければならない。つまり貧乏人では訴訟もできないのである。

（悪徳企業が栄えるわけだ）

私は裁判官の正義感というものを信じていた。法曹界にいる人々は、賢人であるという理想をもっていた。やがてそれが、裏切られるとも知らずに。

平成二十五年一月二十三日

赤松浩二遺産分割事件の審判書面が、突然、私の元へ郵送されてきた。

『赤松真一は、不動産共有十字屋ビルの持ち分五十分の八を相続する』

私の権利はそれだけであり、十字屋の株式も預貯金も全て後妻雅子のものである、という不当審判であった。

「いやぁ、こちらの言い分を裁判所が認めてくれなかったねぇ」などと、井上弁護士は電話口で私に詫びていた。

「川崎家庭裁判所は、雅子を一度、後見人に認めているので、自分たちの過ちを認めることはしなかった」と、冷静に分析していた。

「株まで持っていかれたら、大敗じゃないですか。私は即時、控訴したいのですが」私は怒りを抑えきれなかった。

「即時抗告の手続きは、二週間以内にしてください。抗告文は私が最後の仕事をしますよ」老弁護士は、無責任にもこの事件から手を引くつもりであった。遺産分割事件の審判は、高等裁判所で争っても、同じ判決が出されるのが通例であることを知っていたからであろう。

「ありがとうございます。私は素人なので、抗告の仕方など分かりません。私の抗告の趣旨は、出資株の返還及び、贈与額の変更です」

私は最低の着手金のみで受任してくれた、井上弁護士に感謝していた。抗告すれば、東京都高等裁判所で審理されるという。勝負は時の運である。法治国家の最高裁判所で、不正がまかり通るのであれば、もはや滅法の世である。私は儒教思想を信じる日本人として、最後の戦いに賭けたのである。

二月に入り、私が抗告届を裁判所に提出した頃、相手方弁護士の大口から突然、電話があった。

「抗告をしたわねぇ。あんたの思い通りにはならないわよぅ」などと、ヒステリックな叫び声を上げていた。

「抗告をするのは、私の権利です。あなたへの報酬は、父の遺産から出ていることを忘れるなよ。加害者弁護士婆あ！」

私は怒りの感情を押し殺して言った。この大口弁護士は雅子と同世代で、しかも誕生日が一日違いの偶然であった。学歴は天地程の違いではあるが、性質が雅子と瓜二つなのであった。この大口の息子が丸の内弁護士法人なのである。私はたった一人で、丸の内弁護団と争う為、上申書を作成して高等裁判所へ提出した。

『遺産分割抗告事件の最終審判』

二月に抗告届を出して、六月十七日に判決が出された。井上弁護士が言うように、抗告事件の判決は、存外早かった。私は出資株を〇パーセントから二〇パーセント取得した。不公平な贈与額の変更はなかったが、大口弁護士は、私への贈与額は、二名の弟と比べて十分の一であることを書面で認めてくれた。父死亡後の法定果実六分の一も、確実に支払うと約束してくれた。雅子はついに一度も、裁判所へ来ることはなかった。

『平成二十五年遺産分割抗告事件 最終弁論』

本来、遺産分割など円満な家庭であれば、会計士に任せ、相続人が法定通り相続すれば良いだけの話であった。亡き父の後妻雅子が稀にみる守銭奴の為に、父の遺書もないくせに、遺産を独り占めしてきた顚末がこの裁判であった。

自分の窃盗行為を正当化する為に、弁護団と共謀し、その莫大な報酬金も遺産から支出し、亡き父の実子長男である私の相続権利を侵害してきた。実弟の徹次は、育ての恩を感じて、雅子の悪事を見逃してきたが、私は貪欲の塊である人面獣心雅子が赦す事はできなかった。

「悪は許してはならぬ。許せば悪人は再び悪を犯し、善人を苦しめる」キリスト。「見義不為、無勇也」孔子。「金銭を愛することはすべての悪の根である」（テモテへの第一の手紙　新約聖書）。

身内の犯罪を許せば、社会悪全てを許す事になり、無法が平然と通る世は、もはや法治国家とはいえまい。それ故、父亡き後、一年数ヶ月、私は家族から差別されようが孤独に耐え、正義を信じて戦ってきたのである。幸いな事に、正義漢弁護士を味方にして、後妻の十年間に亘る使途不明金を糾弾して頂いたが、後妻有利な判決が下った。川崎家庭裁判所は後妻雅子の窃盗行為を認可する、明らかな誤審であった。私は高等裁判所へ即時抗告をした。日本もまた、中国と同じく人治国家のように冤罪が数限りなく生まれるわけである。第二審でも法の正義が立たぬのであれば、私はこんな儒教、仏教が崩壊した世には何の未練もない。受戒を得て、出家するつもりである。悪人共が銭の糸にすがって蠢く醜い地獄図のような日本に誰がしたというのか。裁判官ならば、聖君とは言わねども、せめて賢人になって欲しかった。

赤松真一

（龍吉爺さん、親父よ。俺の誠義の一分が認められたぞ！）

私はこみ上げてくる感情を、抑えることが出来なかった。この法治国家にもまだ正義はあったのだ。私は最終弁論でも分かるように、高等裁判所でも第一審理と同じ判決が出た場合、世を捨てるつもりであった。得度できる寺院も確保していたのである。だが、日本司法は、弱者の正義というものを許容してくれたのである。

父親死亡後、一年半、私は争続をしてしまった為に、失ったものが大きすぎた。後妻雅子母子とは絶縁状態になったし、実の弟の徹次とも関係が疎遠になってしまった。徹次は育ての恩を感じ、実兄の正義よりも継母雅子との円満な関係を選んでしまった。私への差別待遇に比べ、徹次は雅子と養子縁組をしており、贈与額も安吉と同じ程だったので、雅子の言い成りになってしまったのであろう。私は自分の正義を貫いてしまった為に、家族を失い、天涯孤独の身となってしまった。

妖怪の最期

あれから十年が経過した。私は十字屋ビルの持ち分を得て、サラリーマンの平均年収程の家賃収入を得る生活をするようになった。これも全て、一代で莫大な財産を築いた龍吉爺様のおかげである。私は命の恩人である一聖の夢であった写真家になる為、京都芸術大学美術科写真部に入学し、五年掛けて卒業した。

「一聖兄よ。俺の中で生きよ！」

私は夭折した一聖をせめて還暦になるまで、この世で生存させてやりたかった。幼少期より、私は漫画、映画が好きであったが、漫画を動かせばアニメーションになる。写真を動かせば映画になる。ジャンルは違えど、漫画も写真も同じクリエイティブな世界なのである。この人生で学問、仕事と常にドロップアウトを繰り返してきた私は、初めて教育科目を取得して学士になれたことを誇りに感じた。

十字屋ビルの前に五階建ての「天龍」ビルを再建したのは、二代目社長の浩二である。遺書も書かなかったせいで、後妻雅子と連れ子安吉が九〇パーセント所有する羽目になった。一割を実弟の徹次が所有している。十字屋ビルには一パーセントも入れなかったが、強欲な雅子と安吉のほぼ満足する結果になったのである。

その錦糸町の鬼子母神娘雅子にも、ついに最期の時が訪れるのである。昭和十四年生まれの雅子は、今年八十二歳になる。若い時から雅子は、軽度の「先天性頭部突起症（鬼に対する差別用語）」という症状であった。頭部の右上と左上に小さい瘤ができる状態である。七十五歳を過ぎた頃、その瘤が正三角形状になり、悪性腫瘍化したのである。毎日その正三角形の先端から濃淡の膿が出て、時には出血を伴うらしい。徹次の話では、安吉とその嫁が毎日のように雅子の悪性腫瘍の膿を取り除き、消毒し、ガーゼ交換をして介護しているという。安吉は昔からアルコール依存症であったが、雅子の介護で益々、悪化し、糖尿病の影響で失明寸前だそうである。正三角形の角が二本とも生えたような雅子の姿は、とても錦糸町の鬼子母神の化身とは言い難い。錦糸町の鬼子母神「訶梨帝母」はやはり極道の女千鶴子だったのだ。鬼子母神像を雅子に託し、地獄へ落ちて逝った鬼畜母である。雅子はその鬼畜の冷血を継承したが、極道の女にはならなかった。選んだ伴侶は、理不尽にも自分を毒殺した赤松浩二であったのである。雅子は無念の死を遂げた銀猫タマの化身だったのだ。私は徹次の話を聞いて、猫タマの復讐であることを確証したのである。

「雅子は本所の猫婆だったのだ」

むかし、本所割下水に本所の猫婆と呼ばれる老婆がいたそうである。異常な猫好きで、居間で数十匹の猫を飼っていた。ある日、実子よりも可愛がっていた猫が死んだ。猫婆は、毎月猫の死んだ日には、自分の長持の蓋を開けて、魚などを入れてやったそうだ。風がごうごう唸る、こわいような嵐の夜、数十匹の猫と猫婆は忽然と消えた。息子が長持の蓋を開けると、命日のごちそうは食べられて、母親と数十匹の猫と死んだ猫もろ共、消えていたそうである。（岡崎柾男著『両国・錦糸町むかし話』より、「本所の猫婆」）。

猫の妖怪は、しばしば雷鳴と共に雲に乗って現れる。下総松戸には、『[註]火車猫おとら』という、黒雲に乗って死者の亡骸を襲う妖怪の民話がある。火車というのは、生前に悪業をなした亡者を連れ去る恐ろしい地獄車のことである。本所の猫婆とは、いずれ火車に変化するといわれている。

「雅子はただでは地獄へ逝かぬだろう。まだ浩二の子真一が生きている」

私は、子殺し「訶梨帝母」千鶴子と復讐猫雅子が、生き残りの私を呪い殺すことを恐怖していた。霊感の強い私は、このところ黒猫に襲われる夢をよくみるのである。鬼子母神に説法して仏教の守護神にさせたのは、仏陀である。幸いなことに私は日蓮聖人や親鸞聖人を敬慕する仏教徒である。

その年の十二月仏滅日、錦糸町の妖怪雅子は死んだ。午前四時四十九分、私は銀猫タマが三途の川を駆けてゆく夢をみた。その刹那、雅子は発情した猫が交尾声を上げるようなうめき声を上げて息を引き取った。それから二時間後、私に連絡してきた徹次に忠告しておいた。

「鬼子母神像と千鶴子のモノクロ写真を棺桶に入れてやってくれ。千鶴子が地獄で待っている」

雅子が火葬場で、灼熱地獄へ陥っている時、私は少年時代に住み暮らしたサルビアの丘に来ていた。二十二歳の正月以来だから三十五年振りである。東京のベッドタウンとして栄えた夢の三多摩丘陵の面影は無くなり、その荒れ果てた丘には、サルビアの花一輪も咲いてはいなかった。私が通っていた小学校は三階建てのコンクリートの校舎になり、商店は寂れてシャッターが全て閉まっている。通学路であったサルビアの丘には、コインパークが出来ていた。当時、完成したばかりの百棟以上あった賑やかな団地は、ヒビだらけの倒壊寸前の痛ましい姿をさらしていた。

「よう帰ってきたね」

小学生時分よく遊んだ二十八号棟の前にある公園のベンチで、雅子と同世代の老婆が子猫をあやしていた。当時の夕食刻、ここで野球ばかりしていた私を雅子は迎えに来たものである。あの時の雅子は喜怒哀楽の激しい、どこにでもいる強欲な母親であった。中学生になると、毎日朝六時に起きて、三兄弟の弁当を作ってくれた。血の繋がらない家族ではあったが、赤松家にも微かな幸福があったのである。性質の悪い人間でも、一〇〇パーセントの悪人などいないだろう。

『破滅』『死』の丘にも春は来るのである。老朽化したこのサルビアの丘にある団地群は、やがて解体され、街の人々は自然淘汰されるだろう。

この丘の隣町鶴川という所に、浩二は生前、墓地を購入していた。鶴川駅から北へ二キロ程の丘陵地にある。お人好し浩二は、実家を勘当された雅子の母親千鶴子を自分より先に埋葬してやった。厚かましくも、四十九日を済ませたら、雅子もそこへ入るつもりだろう。いずれは連れ子安吉も一緒に埋まる事は間違いない。幸いな事に、墓石には『赤松家』の名は刻まれていない。『睦』とだけ書いてある。男らしさの欠片もない、人として薄っぺらい小心者の浩二らしい墓石名である。私を蔑ろにして、この錦糸町の鬼畜母子を大切に扱った父浩二を許すことはできなかった。だが、儒教思想では「父に三年の恩あり」という。私が三つになるまで、父は毎日飯を喰わせて、風呂に入れてくれ、人として立たせてくれた。この大恩を返さねばならない。私は、龍吉たち家族が眠る浄土真宗本願寺の菩提寺に、父浩二の骨も埋葬してやろうと思っている。父浩二は、創業者龍吉の跡を受け、十字屋を守成し、二階建ての寿司、天ぷら屋を五階建てのビルにした。ただ、錦糸町の鬼畜母子に騙され、天龍ビルを乗っ取られただけである。雅子の相続で、養子である徹次が半分の持ち分を取り返すだろう。銀猫タマを毒殺したことは残酷だったが、タマの化身雅子に充分過ぎる復讐をされたのである。龍吉爺さん、寅婆さんも赦してくださるだろう。

私は近頃、持病の喘息が再発し、せき込むことが多くなった。私が安吉より先に死ぬようなことがあれば、浩二の埋葬と十字屋のことは、実弟の徹次に任せるつもりである。私と徹次には子供がいない。私と弟が死ねば、龍吉が一代で築いた赤松家は滅びるのである。当家は元来、越後の百姓家であり、喰い詰め者が集まる札幌豊平村の開拓民出身なのである。億万長者になったのは、龍吉爺さんただ一人なのである。

「私は、祖父、父浩二に感謝していますよ。一代で使い切ってもよかったものを私たち三代目にも残してくれた」

と、私は井上弁護士に言ったことがあった。貧乏人だった私が、老後を安泰に暮らしていけるのは、父祖のおかげなのである。私は共に、実母康江に捨てられた弟の徹次に遺書を残している。

『兄真一が先に死亡した場合、兄の十字屋の出資株、持ち分の全てを実弟徹次に託する。君が死亡した時は、兄の持ち分は、日本の孤児たちに譲渡して頂きたい』

日本に生まれた子供たちは、決して飢え死にさせない。虐待死させることはしない。一〇〇パーセントの愛情を与え、教育を受ける権利を国家が保証する。福祉を子供第一に考える国の手助けがしたい。子供は、私たちの未来である。それが私の最期の夢である。

了

【註】

『両国・錦糸町むかし話』岡崎柾男［著］発行：下町タイムス社　発売：株式会社 新時代社　1983年。95ページ～98ページ。

【参考文献】

『鬼子母神』百科事典マイペディア発行：株式会社 平凡社　1995年
『両国・錦糸町むかし話』岡崎柾男［著］発行：下町タイムス社　発売：株式会社 新時代社　1983年
『細木数子―魔女の履歴書』溝口敦［著］発行：株式会社 講談社　2008年

湯河原の母

湯河原には縁がある。

実母が老後の定住地にしているのが湯河原町であり、初恋の女性が嫁いだ先も湯河原にある旅館であった。

実母とは五歳になる頃、生き別れた。僕は当時、東京にあった祖父の家で暮らしていたが、両親が離婚することになり、長男である僕は親父側に引き取られた。実母にも親権があったが、二つ下の弟も親父側に預け、親権を放棄する形となった。実母はその後、多量の睡眠薬を飲んで死線を彷徨ったという。

「ゴメンね、ゴメンね……」

実母との別れの朝、彼女は涙を流し、片方の乳房をおもむろに出し、僕に吸うように言った。僕は言われるまま、赤子のように母の乳房を吸った。母は別れゆく我が子に詫びていた。僕はこれから四十年以上に渡って、母と生き別れることになろうとは夢にも思わず、そのまま眠ってしまった。

気付いた時には母はいなかった。

この時の母との別れが、その後の僕の人格形成のトラウマになったことは間違いない。その後、僕は小児喘息を患い、鎌倉へ移った祖父の新宅へ預けられるのである。だが、この鎌倉の家はとても楽しく、僕は不幸を感じずに育った。祖父、祖母は僕に愛情を注いでくれたし、近所に住む叔母たち、従兄弟に囲まれて、古き良き大家族が、この鎌倉の家にはあったのである。

だが一年後、父は連れ子つきの後妻をもらうことになるのである。

祖父、祖母は大反対したらしいが、親父も色欲には勝てなかったらしい。調布に家を建て、鎌倉から僕を連れ出した。アメリカナイズされた虚構の核家族化が始まってしまった。七〇年代の日本は、病原菌が入り込むように、健康体だった日本が病みだしたのである。大家族を捨て、近所付き合いや地域とのふれあい、思いやりなどを捨て去り、日本人が動物へと退化し、利己主義に走っていったのである。

実母との思い出が残っている僕には、継母とうまく交流することが苦手だった。努めて明るく振る舞ってはいたが、その実は悲しみで一杯だったのだ。その上、小児喘息を患っていた僕は、毎日が息苦しく、楽しみなどなくなってしまった。

小学校も三年になると、多摩地方の空気が良かったのか、僕の喘息も治まってきた。背も一番小さく、病弱だった僕も元気な少年となり、友達と川へ飛び込んだり、カブト虫を捕りに行ったりした。七〇年代の多摩はまだ田舎で、クワガタ虫、ゲンゴロウなど大勢の昆虫が生存していたのである。

小学校五年生へ進級した時、クラス替えがあった。そこで初めて、僕は同じクラスのエリーに恋をした。エリーも女子では背が一番低く、教室でも朝礼でも僕たちはいつも隣同士になった。小学四年までの僕は病弱だったので、いじめられっ子だったのだが、五年、六年という二年間は、なぜかガキ大将のような存在になれた。このクラスには番長のような男がいなかったので、いつも明るい、リーダーシップを取りたがる僕が、ごく自然に人気者となった。後にも先にも、僕の人生でリーダーだったのは、この時だけであった。

「マートはいつも元気だね！」

エリーは馬鹿騒ぎしている僕を見て、いつもそう云って笑っていた。正志という奴がマーシーと呼ばれていたので、僕は誠だったのでマートという訳であった。

エリーとは別にデートした訳でもなく、ただ学校に行けばいつも隣同士、下らない話をして笑い合っている。それだけの関係であった。

人生で最も輝いていた二年間はまたたく間に過ぎ去り、エリーは隣町の中学、高校へ進学し、僕は東京の私立中学へと進学した。たまに町で出会っても、ぎこちない会話しかしなかったのを覚えている。

村下孝蔵の「初恋」という曲が流行している頃であった。

僕はN大学の付属校に進学していたので、大人しく通学していれば、そのままN大学へ進学できたのだが、虚構の核家族が耐えられず、十六歳の頃、家出をしてしまった。少年の夢であった漫画家を目指して、某漫画家のアシスタントになった。二年後、新人漫画賞に入選し、大手出版社の研究生となった。二千人に一人位の確率で出版社に認められた僕は、多少うかれていたのであろう。二年振りに実家へ手紙を書き、両親に居所を教えた。それからすぐに、両親は市川にあった僕のアパートに訪ねて来た。

「私のせいね、ゴメンなさいね……」

継母は僕にそう云い、止めどない涙を流した。父は財布から、数万の紙幣を僕の手に握らせた。

「正月位、帰って来い！」

父はどら息子を叱るわけでもなく、やさしく微笑して云った。

「ハイ、帰ります」

僕は正直な気持ちでそう云った。


正月、久々に多摩の実家へ帰った僕は、生意気にも地元の友人たちと呑みに行った。

(まだ十八歳になったばかりではあったが……)

何を思ったのか、エリーの両親がやっている居酒屋へ足を運んだ。

「オヤジさん、一杯いいっすか？」

そんなようなことを云って、悪友四人と座敷へ上がり込んだ。

「とりあえずビール五本頂戴！　エリちゃん元気ですか？　よかったら呼んでくれませんか？」

十八歳の小僧がいい気なものである。エリーの両親は快く、一人娘を呼び出してくれた。

「久しぶり！」

やや紅潮した顔のエリーは、僕に会うなりそう云って笑った。

「おう、久々！　ところでお前、どこの高校いったんだ？」

「……Y高」

地元の進学校であった。

「すげえなっ、Y高の生徒と話してんのか！」

悪友どもは皆、三流高校生であった。

「赤塚君は、何してんのよう？」

エリーは恥ずかしそうに云った。

「俺はS英社の研究生さ！　そのうち日本一の漫画家になってやるよ！」

僕は偉そうに云った。

「へえ、すごいじゃないの。そういえば小学校の頃から漫画うまかったもんね！」

「ああ、今度、似顔絵でも描いてやるよ！」

「……でも、連絡先知らないし」

と、エリーが云うので、僕は仕事場の電話番号を教えてやった。

その後、僕たちは悪友どもと別れ、母校の方へ向かって歩いて行った。

「あの頃はこんなに小さかったのにな」

僕は膝を曲げて、背を低くしてみせた。

「本当に、みんな大きくなったね……」

と、言ったエリーは高三にしては背が低く、一五五センチ位しかなかった。僕も平均身長より低く、一七〇センチを切る位の背丈であった。

「高校を卒業したら、どうするんだ？」

という僕の問いに、エリーは、

「専門学校へいこうかと思ってる……」

と云い、進路を迷っているようであった。

「ふーん、分かったら教えてくれよ。俺は市川市に住んでるけど、たまには東京へ出てくるからさ！」

と、僕は言い、エリーと別れた。小学校の頃であれば、また明日、教室で会う所だが、十八歳になった僕たちには、それが永遠の別れになってしまうとは、この時は想像だにしなかった。

週刊少年Jで連載していたM先生の仕事は多忙で、アシスタントの僕もなかなか、休むことはできなかった。

「オイ、女の子から電話あったぞ！」

M先生はある時、仮眠から目覚めた僕にそう言ったが、まさかエリーだとは思わず、僕はそのままにしてしまった。

その年の五月にM先生の仕事も終了し、僕は次の仕事のために、大田区の方へ移転した。三多摩地方は、電車で直ぐではあったが、忙しさに追われ、僕はエリーに会うことはなかった。

時は流れ、二年後、二十歳になった僕は、ついに漫画家としてデビューすることになった。S英社から、ボクシング漫画を半年ほど連載した僕は、挫折を味わうことになった。漫画界は人気商売であり、人気のない作品は打ち切りになってしまうのだ。

――せっかくメジャーデビューしたのに、このまま終わってたまるか！

それから一年くらいはS英社に通い、次の連載を勝ち取ろうとしたが、大手出版社はチャンスを一回しか与えないものらしい。丁度その頃、父は実家を建て替え、僕に帰るように促したので、僕は二十二歳の正月、実家に戻ることにした。

(四年振りの実家だ。エリーは元気にしているのだろうか？)

僕は近所の親友を呼び出し、エリーの両親がやっている居酒屋へ行った。

「エリは結婚しましたよ！」

と、オヤジさんは云い、結婚式の写真まで僕らに見せてくれた。

「ちょっと遅かったわね……」

お袋さんはそう云い、エリーが専門学校の同級生と去年、結婚をし、湯河原へ嫁いでいったことを僕らに教えてくれた。夫は湯河原旅館の跡取りだそうである。

「するとエリーは湯河原旅館の若女将ですねーっ！」

僕はヘラヘラしながら云った。

「馬鹿だなお前は……。あれだけ可愛い子なんだから、ほっといたら他の男が放っておかないって……」

親友は僕の気持ちを察して、そんなことを云った。

「ああ、そうだな……とにかく、今日はやけ酒だっ、付き合えよ！」

僕はその居酒屋で、親友とビール十五本位をやけくそで呑んだ。

その夜、少年の淡い初恋は、ほのかに、ほろ酔い気分で消えてなくなってしまった。

四ヶ月後、実家で引き籠もっていた僕は、どうしても漫画のことが忘れられず、再び活動をすることにした。八王子にアパートを借り、S学館やK談社などの出版社へ売り込みに行った。

その年の暮れ、S学館の少年誌で漫画新人賞に入選した僕は、再び漫画家として認められるようになった。だが、大手出版社はすぐには連載させてくれず、僕は二流出版社で連載することにした。奇想天外な野球漫画であったが、あろうことか連載して半年後に、二流出版社は倒産してしまった。二十三歳の夏であった。

それから二年間、三流出版社で細々と描かせてもらい、命カラガラの生活をしていた。

——俺には漫画の才能がないのか？

絶望感に打ちひしがれた僕は、荷物をまとめ、全国放浪の旅に出た。二十五歳の秋、どこへいく当てもなく、八王子駅から長野駅行きの夜行列車に乗っていた。

それからの二十代、三十代の僕の人生は、旅の連続であった。北は北海道、帯広、札幌、函館などを経て、東北地方は秋田県以外はほとんど行った。関東は地元のため、知らない町などないほどだった。長野、山梨、新潟は、リゾート地や温泉場に多少、住み暮らした。金が無くなるとホテルや旅館などでアルバイトしたためである。

関西地方も仕事と観光、両方でよく行った。南は四国全県を網羅した。人形劇団のどさ回りで、瀬戸大橋を渡り、岡山県、兵庫県の小学校を回って、東京へ帰ったのを覚えている。九州、沖縄方面は、全く行ったことがない。

一番愛着があるのは、東海地方であったろう。名古屋、岐阜、三重は仕事で行っただけだが、静岡県は最も長く住み、仕事も沢山した土地であった。とくに伊豆半島はホテル、旅館が数多くあり、十年以上に渡ってお世話になった場所であった。

伊豆半島への入り口は、東は熱海、中央は三島、西は沼津といわれる。三十代の頃、熱海は伊豆山の上、七尾山という所の保養所で働いたことがあった。伊豆山神社は、源頼朝と北条政子が逢瀬を重ねた場所で有名であった。伊豆山をさらに二、三キロ登れば、七尾山山頂である。野猿などが民家の柿を盗みに現れる山里であった。

「熱海までバスは出てますか？」

と、保養所の従業員に聞いてみると、

「熱海より湯河原へいくほうが近いさ！」

と、駿河弁で教えてくれた。つまり、七尾山を越え、千歳川を渡れば、湯河原町だというのである。この七尾峠が、静岡県と神奈川県の県境であったのである。

（湯河原温泉は、神奈川県だったのか）

僕はこの時まで、湯河原温泉も熱海温泉の延長線上にあると思っていたのだ。東海道線の駅でいえば、熱海と湯河原は隣同士である。

（湯河原は止めておこう……）

湯河原のような小さい温泉場へいけば、必ずや嫁いだエリー若女将に出会ってしまうだろう。僕は多少、時間がかかっても、休みの日などは、熱海の町へ降りて行ったものである。

（俺の落ちぶれた姿など、初恋の人に見せられるかよ。エリーは老舗旅館の若女将、こっちは丁稚奉公人。身分が違いすぎらあ！）

僕の心理は中年になるにつれ、屈折していったのである。少年の純粋さをもったまま、中高年になった男など、あり得ない話であった。人間は無色透明の赤子から、十年ごとに別人のようになっていくというのが、僕の持論である。十代、二十代、三十代と進むにつれ、少年の青さは消え失せ、社会人としての狡猾さを身につけてゆく。四十代、五十代ではさらに人間性は醜くなり、狡賢い動物へと退化していく。六十代、七十代から先の老後は、頑固で小心な、疲れ果てた人間となってしまう。脳軟化が始まれば、もはや人間とはいえず、ただ死を待つのみの憐れな生物といえる。

――人は誰しもが年をとり、やがて死を迎える。

この悲しみから逃れようと、人々は信仰を求めたり、もがき苦しむのである。古来の偉大な宗教家たちは、さまよう人間たちのために極楽浄土の存在を信じさせ、人々を救済しようとした。

父の死

僕の人生が四十代に入る頃、突然、父死亡の知らせが届いた。平成二十四年、三月十九日であった。

赤塚家の宗派は、先祖代々、浄土真宗である。「善人なおもて往生を遂ぐ、いわんや悪人をや」で有名な、親鸞聖人である。日本で最も信者が多い宗派といわれている。

八十二歳で亡くなった父の生涯は、多少、貪欲ではあったが、きわめて善人に近い人生だったと思う。

父の前妻の長男だった僕は、父の後妻に疎まれ、十代の頃、家出をしてしまった。何十年も、フーテンの寅さんよろしく放浪していて、四十路になる頃、父へ手紙を出し、後妻から「父が重度の認知症を患った」ことを知った。

まさに日本一の父不孝者である。

父が死亡した時、後妻は格安の葬式を依頼し、僧侶も呼ばずに、葬儀を行うつもりであった。長男である僕は、当家菩提寺の住職に相談したが、遺体を隠匿されたためにどうすることも出来なかった。後妻は通夜当日に僕に連絡してきて、僕が駆けつけた時、父は荼毘に伏される所であった。僕は父に今までの父不孝を詫び、父の葬儀会場に泊まり込み、夜通し、線香の煙を絶やさぬように務めた。その葬儀場は、地下が遺体安置所になっており、二階が宿泊施設になっている。

深夜、二階の部屋で横になっていた僕の元へ、さまよう父が現れた。

――やはり、お経を唱えてやらねば、成仏などできる訳ないのだ！

多少、霊感が強かった僕は、祖父死亡日も、祖父が天国へ昇ってゆくのをハッキリと見たことがあった。

(誰もお経を上げてやらないなら、息子の俺が上げてやる！)

僕は正座し、浄土真宗の念仏を必死になって、何十回も唱えた。

(南無阿弥陀仏………法然上人、親鸞聖人、我が父を極楽浄土へ送り給え……)

小一時間ほど、念仏を唱えていると、不思議と霊気は払われ、父が上空へ上がってゆく気配を感じた。

「親父、不甲斐ない長男を、どうか許してくれ！……」

僕は合掌して、父に詫びた。

翌日、僕は後妻と争うことはせず、父の遺影を持ち、大人しく葬儀を済ませ、火葬場まで行き、一番先に後妻と亡き父の遺骨を納骨した。

「後妻さんと喧嘩しちゃだめよ。お父さんが悲しむから。ありがとうって、一言言ってあげて……。女は嬉しいものなのよ」

と、僕に言ってくれたのは、前妻の実母であった。

実母とは、この正月、四十年振りに邂逅している。二つ下の弟が、仕事の合間をぬって実母の消息を捜し出し、正月に本当の親子三人で再会を果たしたのである。

「血は水よりも濃い」とは、よく言ったものである。弟など幼少時の記憶もないくせに、実母と会うなり、即、意気投合してしまった。

「うちの頑固親父と一緒じゃ、そりゃあ離婚するに決まってらあ……」

などと言って、実母を慰めていた。実母は父と離婚した後も男と別れ、三人目の男は五十代で早死にし、今は湯河原の中古マンションで優雅に過ごしている。

（今のヤンママだったら、三人くらい男を替えるのは当たり前だろうが、昔の日本でこれだけ

×を付けるとは、駄目婆さんじゃないか？）

というのが、僕の本音であった。

実母は東京の下町出身で、神田生まれの我々兄弟と同じ、江戸っ子であった。ビートたけしと同じ、足立区の生まれで、上野、浅草が青春の町だったそうである。

「あんな下品じゃないわよう！」

などと、ビートたけしの悪口を言っていたが、同じ穴の狢である。

湯河原　幕山公園

湯河原駅の北方にある、標高六二六メートルの幕山山麓にある名所である。新崎川に沿った風致公園で、四千本の梅林のある、自然景観豊かな大きな公園である。神奈川県民だけでなく、東京、千葉、埼玉、静岡県からも観光客がやってくる。

その幕山公園へ、三代続いた江戸っ子の僕と実母は行ったことがあった。平成二十四年三月十九日、父が死亡した後、いてもたってもいられず、僕は東京にある先祖が眠っている菩提寺へお参りに行った。弟からの連絡で、父の通夜は三日後になるというので、僕はその間、湯河原に住む実母の元でお世話になることにした。

「お父さん、大変なことになって……これから、あなたたち兄弟は相続で大変ね」

などと、実母は他人事のように言っていた。

「あんたが親父と俺たち兄弟を捨てなければ、親父も悲惨な最期を迎えなくて済んだんだっ、バカヤロー！」

と、言いたいのを、僕はこらえた。

「お葬式までここにいても仕方ないから、近くに梅で有名な幕山公園があるから、そこへでも行きましょう」

と、実母が云うので、僕も酒ばかり呑んでいてもつまらないので、一緒に行くことにしたのである。

三月二十一日は平日であったが、幕山公園の駐車場は九割九分一杯であった。

「熱海梅園は知ってたけど、幕山がこんな大勢の人が来る所だとは知らなかったよ」

僕は正直、驚いていた。

「あら、熱海の梅より、こっちの方が有名なのよ」

などと、実母はうそぶいて言った。

こうして実の母子が、四十年振りにハイキングなるものを味わったのであった。

思えば去年の夏、弟から実母の住所を聞いた僕は、暑中見舞い葉書を出すべきか迷っていた。

「止めた方がいいんじゃないか？　向こうには向こうの生活があるんだし……」

と、サラリーマンをしている弟は、常識人らしいことを言った。

(母ももう七十過ぎだ。いつ死んでもおかしくない。今会わなければ、いつ会う機会があるというのか?)

結局、僕は残暑見舞い葉書を出すことにした。

「前略、母上様
残暑見舞い申し上げます。

年月の経つのは早いもので、あれから四十年も過ぎましたが、その後、お変わりなくお元気でしたでしょうか?

年月はどんなに淀んだ水も、三島の湧き水のように浄化してくれるものでございます。

実子二人とも、母上のご長寿を心より願っております。

草々不一　誠一」

以上のようなことを書いた覚えがある。この後、母から返書があり、何通か手紙のやりとりがあって、正月の再会となったのであった。

「複雑な思いがあったよ……」

正月の湯河原駅のプラットホームで、弟はそんなことを言っていた。

思えば、弟が母に捨てられたのは、三つの頃である。記憶が全くないのは仕方ないだろう。むしろ全く記憶がないので、気楽に実母と再会できたのであろう。

しかし、僕は違った。父と離婚した後も、母は僕に会いに幼稚園に来たことも知っていたし、外で遊んでいる僕を見つけては、一緒にラーメン屋などに食事しに行ったことも覚えていた。

(何故、捨てたのか?)

動物ならば、母親が幼児を捨てれば、それは即、死を意味する。人間の母親は、よく平気で、社会へと子供を捨てられるものである。こういう母親は、動物より退化しているのではないか。

何故幼子を捨てたのか。実母はさんざんと言い訳を繰り返していた。

「祖父、祖母にこき使われた。男子は居間で食事するのに、私たち嫁は、台所で喰わされた」等々。儒教に基づく、大家族制度のあった日本では、嫁が旦那と舅、姑に仕えるのは当然であった。女は子供を産み、一人前になるまで育てるのが仕事である。

だが母は、六十年代の新しきアメリカナイズされた日本女性であった。父母と別々に暮らすのは当然だし、子供より、自分のことを第一に考えるのは当たり前。離婚も日常茶飯事の戦後の新女性だったのである。

アメリカとの戦争に敗れた位で、今までの文化、伝統、儒教を全て排除することに成功した。それが六十年代以降の日本人なのであった。

(とくに、父の財産を独り占めしているあの後妻は酷い。戦後日本女性の最も欧米化した女だ

ろう）

僕はこれから、あの欲深な継母との相続争いをするのかと思うと、怒りで身震いしてくる。戦後、民法が新民法に改正された時、由緒ある伯爵家の後妻が、亭主が死んだのをいいことに、伯爵家の財産全てを叩き売って国外へ逃亡した事件を思いだす。

古き良き日本は、完全に滅んだのである。僕も又、孔子の教えを守らず、マッカーサーの教育にまんまと嵌められた新人類世代である。八十年代の脳天気な、不況知らずのバブリーな、軽薄日本で成長した、馬鹿息子であった。

孔子は父への孝は徳の本なり、と言っている。孝には三孝ありという。大孝―父を尊ぶこと。辱めを与えず、能く養う。

（俺は三不孝をしてしまった。父を凡人であると馬鹿にして、睨みつけたこともあった。老いて認知症になった父を、養うこともしなかった。最低などら息子だった）

「私の分も、拝んできてやってね……」

と、実母はおもむろに言った。

自分が、父と幼児二人を捨ててしまったことに対する自責の念が、多少あったのであろう。

僕に五万円の入った御霊前袋を渡し、実母は湯河原駅へと送ってくれた。

駅へと向かう途中、湯河原温泉街を通っていったのだが、信号で停まった時、ふと外を見ると、Ｆ旅館の前で佇む母子を発見した。

「あの娘は？　可愛い子だな……」

僕は制服姿の女子高生に目をやった。

「ああ、あの母子、Ｆ旅館の若女将とその娘よ！　たしか、高校生だったわ……」

と、実母は地元の婆さんらしく、何でもよく知っていた。

（エリーとその娘だ！）

僕はその母子が、初恋の人エリーとその娘だと確信した。何故なら、母親の方は太ってしまい、エリーの面影すらなかったが、その娘はあの頃の十八歳のエリーと瓜二つだったからだ。

（よかった……エリーは生きていた。元気にしていて、本当によかった）

実母とは、湯河原駅で別れた。Ｆ旅館の若女将とは知り合いだ、などと余計なことは言わないでおいた。

三月下旬の湯河原駅には、人々はまばらであった。プラットホームには、老婆が一人、ベンチに座っているだけであった。

下りホーム側から、相模湾に浮かぶ伊豆大島が悠然と見えた。春風が運ぶ沈丁花の香りが心地よかった。僕は何故か、溢れ出る涙を抑えることが、できなかった。父孝行も出来ずに、父が死亡してしまったことが悲しかったのか。苦労してきた息子の僕を慰め、香典までくれた実母の優しさに感動したのか。初恋の女性が、この湯河原町で、自分に瓜二つな娘と幸せに暮らしているのが嬉しかったからか。僕には涙の理由が分からなかった。

「もうすぐ、桜が咲くわねえ……」

ベンチに腰掛けていた老婆は、しわくちゃの笑顔で僕に話しかけてきた。

「そうですね……もうすぐ、また、春が来るんですね……」

僕は涙を拭い、微笑して言った。梅の季節もいいが、春爛漫の湯河原もきっといい所だろう。桜が咲けば、また母子三人で花見に来てみたい。

（親父も一緒に連れて来たかった）

本当の親子四人で、幕山公園へ行けたら、どんなに幸福だったろう。どこにでもいる、何てことのない家族。その姿こそが、本当の人間の幸せな姿なのではないだろうか。

了

赤塚猪太郎、北海道開拓記

当家「いちがいこき」史記

「いちがいこき」。越後の方言で、意地を通す頑固者のことをいう。

赤塚家の先祖は、越後（新潟県西蒲原、潟東井随）の百姓家だった。今でいうと、新潟駅から南へ一時間程、JR越後赤塚駅の南東に赤塚を名乗る家が何軒もある集落がある。この辺りは一面水田地帯であり、その中を関東自動車道が走っている。戦国時代、国主上杉謙信に従い、近郊の百姓兵は戦場へ狩り出されたことであろう。

謙信は関東管領職を継いだために、毎年のように関東へ進軍し、北条氏康、氏政軍と戦っている。宿敵武田信玄とは、信濃川中島で死闘を繰り返し、北陸では織田信長軍団を手取川へ追い落としたこともあった。正義と慈愛の武将、上杉謙信の影響は現在の新潟県民にも浸透しているといえるだろう。

幕末期、越後長岡藩の家老は、河井継之助であった。日本中、三百諸藩が勤王佐幕に分かれていた時、長岡藩は一国独立していた。新政府軍北越方面、軍監岩村精一郎が河井を粗略に扱ったために、長岡藩は新政府軍と戦争することになった。当家の先祖、巳三郎も河井の手下として、越後の山野を逃げまどったことであろう。やがて長岡藩が降伏すると、巳三郎、次郎吉親子は、新政府軍に隷属するのは不服だったようである。新天地北海道に夢を求め、札幌豊平の地に移住した。明治政府は北海道開拓を国の方針として、拓地殖民という政策を全国に布告した。開墾者には土地建物が給付されるという優遇措置に、全国から様々な人々が北海道に集まってきた。赤塚家の先祖もその中の一人であった。次郎吉は林檎畑を開墾し、財産を嫡男猪太郎に譲渡した。猪太郎も中々のいちがいこきで、畑の規模を大きくし、林檎園を経営するまでになった。猪太郎は妻民との間に三男六女をもうけた。嫡男寅治に林檎園を譲ったが、明治三十五年生まれの次男民吉は、家業を嫌い、東京へと家出した。民吉は筆者の祖父である。

民吉爺も筋を通す頑固者であった。帝國ホテルや神田青果市場で馬車馬のように働き、一代で東京の一等地にビルを所有する身上となった。当家始まって以来、長者の誕生であった。六十を過ぎた頃、三人の息子に資産を譲ったが、長男が四十代、三男が五十代で早世してしまったために、次男の我が父が跡を継ぐことになった。父は偏屈で頑固な性格だったために、前妻と離縁し、後妻と生活することになった。前妻の長男だった僕は、この親とうまく交情することが出来ず、十五歳の頃、家出してしまった。二十歳の時、漫画家としてデビューした僕は独立し、その後二十年間、父と会ったのは五、六回程だったと思う。随分ひどい父子関係があったものである。戦前迄の儒教がまだあった頃の日本ならば、信じられぬ父子関係である。父が七十歳の時、飲食店を畳む時も、双方多忙で会うことが叶わなかった。父は長男の僕に店を継がせたかったろうが、僕はそれに応えなければならなかったのだが、頑固と頑固のぶつかり合いで交譲することはとうとうなかった。

その後、父は重度の認知症となり、二度と僕の姿を見ることはなく、平成二十四年三月十九日、死亡した。

最もいちがいこきの血が流れていたのは、僕と父だったのかもしれない。

父祖の物語を書かなければと決意したのは、親不孝だった自責の念と、父への鎮魂歌を捧げるつもりだったのかもしれない。

越後の英雄

関東との国境、三国峠を越えると、そこは豪雪の国、越後である。日本海から吹く寒気が、峻険な山々を越えられずに、越後の大地へ雪となって降り積もるのである。交通網が発達していない昔、この大雪のために越後の人々は冬の間、外部との連絡が閉ざされる。戦国時代、国主上杉謙信はこの雪のために、天下獲りの道が遅れた。冬の間、春日山城で過ごすことが多く、尾張、三河（愛知県）にいた織田信長、豊臣秀吉、徳川家康と比べると、謙信は不利な場所にいた。信長を倒しに加賀へ向かった時、謙信は四十八になっており、翌年、「四十九年一睡夢、一期榮華一盃酒」という辞世の句を残し、無念のうちに死んだ。

——**第一義**。

謙信は人にとって最も大切なことは、義であると、弱肉強食の戦国時代の人々に云った。この時代に正義の戦争に拘り、民衆に慈愛をもって接する武将は謙信だけであったろう。

武田信玄が領主の信濃、甲斐国に塩が不足すると、宿敵である謙信だけは、甲斐への塩輸送の道を開いた。

「我は信玄と塩で戦うことはせず、弓矢で争うもののふ（侍）なり！」

それを聞いた信玄は、

「謙信ほど男らしい武将はいない。我死す時は、謙信を頼りとせよ！」

と、嫡子勝頼へ遺言したという。

必然、この時越後にいた民衆は、領主謙信に心服したであろう。謙信が関東の侵略者、北条氏康と戦いに行く時、百姓家は喜んで息子たちを徴兵に出したことであろう。

当家の先祖もその中の一人であったことは間違いない。名前はよく分からない。越後西蒲原、赤塚村の男子であった。江戸時代、巳三郎という名が残っているから、代々その名を継承したのかもしれない。

——**越後の男子は、正義感をもって生きねばならない**。

その後、上杉家が関ヶ原の戦いに敗れ、米沢へ国替えされた後も、そのことは越後に残った。もしかすると新潟県となった現代でさえ、謙信時代の文化は残っているといえなくもない。

それから三百年程経った幕末、ようやく当家の先祖、巳三郎が登場する。巳三郎が生まれた西蒲原赤塚村は、長岡市より北東四〇キロ程の水田地帯にある。昭和四十年代までは鎧潟があり、百姓家が小舟を出し、漁なども出来たという。潟東歴史民俗資料館には、当時使用していた小舟などが展示してある。筆者はお盆の時期、取材に行ったが、どこまで歩いても穀倉地帯だった壮観さをいまでも思い出す。何万という稲穂が頭を垂れていた。日本の米作自給率を守っているのは、我が先祖の村なのである。

幕末、この西蒲原地区は徳川将軍家の天領であった。御封印野、宝暦以来の新田村という従ってこの近郊の農民たちには、将軍家への恩義というものが自然に備わったといえる。

越後長岡藩、城代家老、河井継之助もまた、徳川家への忠誠心をもった武士であった。幼い天皇を戴いて、全国の諸藩へ強引に恭順を迫る新政府のやりかたには不満があった。徳川幕府を補佐してきた会津藩、庄内藩、桑名藩などを賊軍と決めつけ、東北征討軍を編成して、容赦なく壊滅させようとする薩摩、長州、土佐、肥前藩からなる官軍。

「今は内乱などすべき時ではない。アジア諸国を喰い物にする欧米列強国に備えて、国軍を充実すべきである。我が長岡藩は一国独立し、対外戦のために富国強兵に努める」

継之助は持論とは逆の、戊辰戦争最も激烈な北越戦争を指揮することになる。長岡藩の軍備は、フランス陸軍の装備に引けをとらない程、強化されていた。最新銃を持つ歩兵隊二千名、当時の最強兵器機関銃を二門備えていた。これに会津、庄内、桑名藩兵を加え、奥羽列藩同盟を形成していた。

「北越にあんな小僧をやらねばよかった」

後に官軍参謀、黒田清隆は、側近らに云ったそうだが、北越征討軍軍監は、土佐藩士、岩村精一郎、二十三歳の若者であった。

明治元年（一八六八）五月二日、小千谷市慈眼寺、官軍本営に、継之助は単身で乗り込んでいった。本堂上段の間で、二人は対峙したという。この時、継之助は四十二歳、岩村とは親子ほどの年齢差があった。

「長岡藩の独立を認めて欲しい」

継之助は持論を展開したが、岩村には馬鹿家老の言い訳にしか映らなかった。

「降伏か、否か？」

二つに一つだ、と云って席を立ったという。談判決裂である。継之助は何回か、岩村との再交渉を望んだようだが、悉く無視されたため、やむを得ず戦闘態勢に入ったという。

五月八日、山縣、黒田参謀の征討軍（五千名）は、今町（直江津）に本営を置いた。

長岡藩、会津藩、庄内藩、桑名藩の将兵が越後の村々で徴兵を行ったのもこの時期であった。

西蒲原では、砂子隊、雷神隊、神風隊、致人隊が宿陣し、徴兵活動を行ったという。赤塚村の男子は、この緒隊に組み込まれた。後に親子となる巳三郎、次郎吉も戦に狩り出された。（余談ながら、五月二十七日、西蒲原、巻、曽根地区で百姓一揆が勃発した。二、三千名の農民が、地主や庄屋の家々を襲撃した。六月になり、長岡藩により首謀者らが捕縛された。）

代々この水田で百姓をしていた巳三郎は、この頃、四十代であり、年頃の娘が一人いた。

「大馬鹿者、次郎吉には嫁にやるな」

近郊の村々でそんな悪評がたつほど、次郎吉は不良で通っていた。幕末の今、二十代であり、悪戯をするような年ではなくなっていたが、まともな働き者ではなかった。逃避行癖があり、村の後家と駆け落ちし、藤蔵という三歳になる男子を連れて、村に戻って来たという。

「あの男は百姓には向かぬ。この御時世、武士に生まれたらよかったものを……」

と、巳三郎は、娘ミサに云ったことがあった。次郎吉の長所は勇気があり、喧嘩に強いところであった。少年の頃はガキ大将であり、成人してからは、村々の争いには必ず次郎吉が出ていき、解決にもっていった。

「桑名藩からお侍が来たぞ、わしもとうとうお侍になれるぞい」

次郎吉は、蒲原郡に桑名藩が宿陣を張ると、早速志願しに行ったという。

ついでながら、幕末の越後は緒藩が統治していた。高田藩榊原家十五万石、新発田藩溝口家十万石、長岡藩牧野家七万四千石、村上藩内藤家五万九千石、会津藩（東蒲原、津川）五万石、桑名藩（柏崎）五万石。全てが徳川幕府の親藩であった。特に会津、桑名、長岡藩は、徳川との関係が濃い。会津藩主松平容保は、京都守護職を務め、徳川慶喜将軍の片腕として活躍した。その弟、松平定敬が桑名藩主。長岡藩主牧野備前守は、家康十七将の一人、牧野康成を祖にもつ、三河譜代の家臣である。

――徳川の恩義に報いる。

この三藩主がいなければ、戊辰史は変わったものになったであろう。二百七十年間、徳川の禄を育みながら、裏切った諸藩が多い中で、三藩主は血まみれとなって忠義を尽くした。その家臣も又、然りである。

桑名藩軍事――雷神隊―立見鑑三郎（尚文）
山脇十左衛門―致人隊―松浦秀八
小寺新吾衛門　神風隊―町田老之丞
　　　　　　　大砲隊―三木、梶川、須藤
　　　　　　　（百三十門）

西蒲原地区の軍列である。

武士だけでなく、越後の農民兵には、勤皇の志に篤いものが多かった。明治元年二月に結成された戊辰隊は、北蒲原や葛塚村の有志百十人の農兵部隊である。隊長は伊藤退蔵という陽明学徒であり、越後長岡藩の先鋒隊として戦い、最後は八十里を越え、会津へと転戦していく。

その他、勤皇志士、二階堂隊長率いる居士隊百五十名は、官軍前線へ配置された。（風後余草、如瓶二階堂保則 著）

先祖次郎吉は、立見隊長の雷神隊に加わり、五月十日、榎峠の官軍を急襲、次いで十三日、朝日山にて長州軍奇兵隊二百名と凄まじい激戦を経験した。

――雷神隊立見の戦上手。

と、後にいわれる程、立見には指揮官としての才能があった。明治十年、山縣、黒田に見いだされ、立見は陸軍大将にまでなった。

前線で指揮を執る立見に対し、奇兵隊隊長、時山直八も陣頭指揮を執り、鉄砲隊の攻撃にさらされ、戦死した。

「お侍さんは、偉いものだ……」

次郎吉は、侍の勇気に敬服した。次郎吉も何人かの奇兵隊士を斬ったが、同じ百姓兵であり、武士の勇気には敵わなかった。

五月十九日、時山と親友であった参謀山縣は、復讐心に燃え、長岡城を奇襲し、陥落させた。本拠地を奪われた越後軍も五月二十六日、燕市に砂子隊、雷神隊、神風隊、致人隊を結集させ、決戦に備えさせた。

巳三郎たち赤塚村の年寄りや女子供は、この時、隊士たちに食料などを振る舞ったという。

「次郎吉、死ぬな、生きて帰って来い。娘ミサも悲しむでのう……」

巳三郎は目を潤ませて云った。

「ヘン、俺ア村の鼻つまみものさ、誰も悲しむかよぅ」

次郎吉はいじけて云った。

「そんなこたあねぇ、おみゃしゃんの良さは、わしが一番ようわかっとる、娘ミサもだア」

「とっつあん……」

「戦から帰って来たら、娘ミサを貰ってくんろ……わしの入り婿になってくんろ」

「えっ、俺みてえのが、赤塚家を継げっていうのかい？」

次郎吉は驚きの余り、耳を疑った。

「そうじゃ、おみゃしゃんでなきゃ駄目だ。ミサのためにも生きて帰って来い。次郎吉」

巳三郎の必死の叫びに、次郎吉もようやく頷いた。

「分かったよ、とっつあん。しかし、ミサ娘が俺なんかを……」

「オラ、次郎吉の嫁になるだあ……」

巳三郎の横で給仕をしていたミサは、恥ずかしそうに云った。

「よう云うた。ミサ、これで決まりじゃ」

巳三郎は手を打って喜んだ。

この次郎吉が蛮勇を振るう男であったなら、今後百数名生まれる我が一族はなかったのである。

六月二日、結集した越後軍は、官軍本拠地今町を総攻撃した。

——頗る苦戦。援兵求む。

今町を奪われた薩摩官軍は、東京にいる総大将西郷隆盛にそう送っている。これを受けた総督府は、六月十四日、会津征討越後口総督に仁和寺宮嘉彰親王、参謀西園寺公望を立て、七月十五日、新兵三千名を柏崎港へ派遣した。

長岡藩総督河井継之助は、一度奪われた長岡城を奪回すべく、凄まじい奇襲作戦を展開した。長岡城南西に広がる八丁沖に六百二十五名の兵士とともに潜水し、夜襲攻城を行った。突如、沖から上陸した部隊に、守備隊三千人の官軍は驚天して城を明け渡したという。

二十九日、増援された三千人を率いて、山縣は再度長岡城を奪い返した。この戦いで流れ弾を受けた継之助は、死期が近いのを悟り、会津へと撤退を始めた。

八十里　腰抜け武士の　越す峠　　継之助

「我ながら良い出来だ」

八十里を越え、会津へと向かう途中、創作した句だそうである。塩沢まで来た所で、傷が化膿し、継之助は息を引き取った。墓は郷里長岡の栄涼寺（浄土真宗）にある。

忠良院殿賢道義了居士　河井継之助墓

河井の下僕松蔵が、塩沢の松の下へ河井の遺体を埋め、官軍の目を盗み、密かに遺骨を長岡まで持ち帰ったそうである。

理不尽な官軍に対し、郷里を焦土と化すまで戦った継之助。主人の首に責任を持ち、長岡へ埋葬した松蔵。ともに義の人、越後人らしい振る舞いである。

次郎吉がゆく

越後での戦に敗れた桑名藩山脇軍事奉行と立見雷神隊長らは、東北へと転戦していった。山脇は二百名を率いて、庄内藩（十四万石）鶴岡城へ入城し、九月二十日、寒河江で官軍と対戦、二十六日に降伏した。山脇は徹底抗戦を叫び、桑名藩、長岡藩などの残兵を集め、北海道函館へと上陸した。総勢森弥一以下十七名が桑名新撰組として、陸軍奉行並土方歳三の指揮下に入ったという。

雷神隊立見鑑三郎は会津若松で戦い、翌年、桑名へと帰陣している。

さて、我が先祖次郎吉の行く末である。

次郎吉は郷土の英雄河井継之助が死ぬまでは一緒にいたらしいが、会津へは行かずに郷里に戻って来たらしい。

――将軍様への恩は返した。

次郎吉は天領の百姓家である。長岡藩や桑名藩の武士ではないのである。身命を賭してまで戦う程の恩はないと思っていた。徳川家に恩義ある新発田藩でさえ、官軍に寝返ったのである。そのせいで越後軍は劣勢となり、壊滅したのであった。

（侍の世は終わるじゃろう。これから日本はどうなってしまうんじゃろう）

次郎吉は多少の冒険心はあっても、本来は臆病な男であった。この後、十年以上に渡って水田を耕し、赤塚家の良き父親として振る舞うのであった。

この間、明治七年、ミサとの間に嫡子猪太郎も生まれ、自分を愛してくれた巳三郎は亡くなった。明治十年代、西南戦争も終結し、日本もようやく太平の世になったといえる。


――拓地殖民。


明治政府は対ロシア政策の為、急速に北海道開拓の必要に迫られ、全国に優遇措置の布告をした
間口四十間、奥行き三百間程の家と土地をくじ引きにて移民者に与え、三年間その土地を開墾すれば給与することにした。鍬、鎌などの農具は元より、鍋、釜や玄米、味噌を三年間、官給で支給した。（一日大人七合、子供四合を含む）その間、税金は一切掛からない。

「オラも北海道へ行きたい」

次郎吉が開拓移民への憧れを抱いたのは、それだけではなかった。明治八年から十四年にかけて、開拓使庁は林檎栽培をする者には、苗木を無償配布した。

「ああ、林檎を作ってみたい。もう水田はオラ飽きた……」

次郎吉は四十戸程の集落にいることが嫌になってきた。どこの腹の子か分からぬと言われ、長子藤蔵が村で差別されているというのも理由の一つであった。明治十四、五年と連続でこの地域は水害に見舞われた。湛水地帯である西蒲原の三潟（鎧潟、大潟、田潟）が洪水で氾濫し、肥沃美田の大耕地が泥沼化したのである。無論、米は一粒も穫れず、人々は飢えに苦しんだ。

（余談ながら、明治十五年三月二十一日、西蒲原自由党が百名程で結成された。）

「もう限界じゃ、今行かねば、出遅れる……」

次郎吉は翌年、長子藤蔵を伴って札幌へと渡っていった。藤蔵は十八歳になっていた。我が先祖猪太郎はまだ九歳でしかない。

「家と土地を確保してから、お前たちを呼ぶからな、それまで待ってろ！」

と、次郎吉は女房ミサと猪太郎に云った。

「あんた、気張ってくんろ」

ミサはどこまでも次郎吉についていく気であった。

「とうちゃん、オラも早く行きてえ……」

猪太郎は父譲りの腕白な子供に成長していた。

「猪太郎、三年待て。それまでに必ず、父ちゃん、札幌の地を開墾してみせる」

次郎吉は猪太郎に約束し、春まだ遠い札幌の大地へと旅立っていった。

明治十六年から十七年にかけて、札幌近郊の移住者は、平岸十三ヶ所、百二十三戸、五百二十一人に及んだ。その中の二人が次郎吉藤蔵父子だったのである。

札幌豊平での日々

札幌は人家まばらで、ことに夜は寒く、人夫らは故郷を思い出し、仕事も手につかず、一人逃げればまた一人姿消す

（札幌史）

明治十年代の札幌は、開拓もままならず、原野に近い状態だったようである。人口も明治四年六百二十四人、十五年九百一人、十九年一万四千九百三十五人、三十二年四千五百七十八人、四十三年八万八千八百四十一人と急激に増え、大正九（一九二〇）年、日本初の国勢調査によると、人口十万一千人にまで増加した。昭和二十年戦後、二十二万人だった人口も平成二十年には百八十九万人を突破し、名古屋市と比べても何ら遜色ない大都市へと成長を遂げるのである。

次郎吉が入植した明治十六年は、まだ一万人弱の小さな町に過ぎない。

「こりゃあ、新潟より寒いな……」

次郎吉は、四月だというのに雪が残っていた札幌の町中でそう思った。

次郎吉は運が悪かった。去年、開拓使庁が廃止されるまでに札幌に入植していれば、開墾地と家を与えられたのだが、今や札幌市庁となってしまった。他県民のように、自力で生活しなければならなくなった。

「やむを得ぬ。猪太郎たちが待っている」

と、次郎吉は覚悟を決め、住み込みで土方の仕事を始めた。無論、長子藤蔵も一緒である。

それから三年間というもの、次郎吉は血の滲む努力をしたという。土方や油売りなどをしながら、定住の地を探し歩いたという。札幌より南へ二里程の水車通りにいたり、その土地の肥沃なるを見て、永住の地とする決心をする。豊平川沿いにある農家船越方に小作人となり二年間。

「約束の三年じゃ、ミサ、猪太郎来いっ」

水車町に小さな家を建て、新潟より家族を呼びよせた。


「父ちゃーん」

十二歳になった猪太郎は、久々に会った次郎吉に抱きついた。

「猪太郎、でかくなったなあ。父ちゃん、約束を守ったぞ」

「ウン、すげえや、でかい林檎畑じゃ」

「ああ、美味い林檎をこれからたーんと作ったるぞ。父ちゃん」

「オラも手伝うよ、父ちゃん」

「ああ、猪太郎はよい子じゃ。ミサ、いい子に育ててくれた。ありがとよ」

次郎吉は傍のミサに礼を云った。

「いえ、この孝行息子は、いつもあんたに会いたい、会いたいと云って……」

そう云ってミサは涙ぐんだ。

「ええ子じゃ、……いいか、猪太郎、この林檎畑は地主さんがオラに売ってくれるそうじゃ。一生懸命働けばな……」

「ええ！　すげえや、すげえや……」

「これから家族皆で気張って働くぞ」

家長次郎吉の言葉に、家族一丸となって結束を固めた。

やがて次郎吉は船越氏よりこの土地を買い求め、一家あげて精励し、年賦を返済し、林檎園という資産を得る。

明治三十年代に入ると、嫡子猪太郎に跡を譲り、次郎吉藤蔵父子は不幸にして死んでいく。この時代、人々は多くが若死していく。医学の進歩が遅れていたせいもあろうが、北海道開拓民たちの苦労は言いしれぬものがあったのであろう。この明治時代の開拓民たちの血涙が、現在の北海道の繁栄を築いたことを我々は忘れてはいけないのではないか。

謎の多い先祖次郎吉の生涯は、何だったのであろうか。ただひたすら畑を耕す日々だったのではないか。種を蒔き、水を与え、肥沃の土地を作るための生涯だったのではないか。その地に林檎の花を咲かせたのが、曾祖父猪太郎であった。

日露戦争

明治の札幌で、猪太郎、民夫婦は幸福な日々を送っていた。二女を作った後、嫡男寅治を出生、明治三十五年八月には次男民吉も誕生し、小都市として発展していく札幌市とともに、赤塚家も繁栄していた。

だが、世上は緊迫していた。

日清戦争（明治二十七年）に勝利した日本は、清国の遼東半島を割譲したかにみえたが、ロシア、フランス、ドイツ三国による干渉により清国へ返還せざるを得なかった。理由は三大国と戦争をして、勝算の見込みがなかったからである。三国干渉から即、ロシアは満州へ侵攻、鉄道建設に乗り出す。

明治三十年、十二月、旅順を占領し、完全要塞化した。次いで、大連を租借（この頃、列強国は租借の名のもと、中国領土を喰い物にしていた）、中国民衆の間でもイギリス、ドイツ、フランス、ロシアに不満をもつ者が蜂起し、義和団の乱を起こす。明治三十三年八月、乱は英、米、仏、独、露、伊、日本によって鎮圧され、満州はロシアにより占領された。

――ロシア帝国の横暴は許せぬ。

明治政府は日英同盟を締結し、仮想敵国をロシア一国に絞った。明治三十五年一月三十日、英国とともに満州から撤退するようロシアへ通告したが、ロシアは撤退期限十月八日になっても一向に撤退しないばかりか、翌年韓国へ侵攻する。開戦を支持する世論に後押しされ、翌明治三十七年二月六日、政府はついにロシアと国交断絶、日露戦争が勃発したのである。

「ついにやったか、日本軍天晴れじゃ」

日本海軍水雷艇が、仁川沖でロシア海軍ワリヤーグ艦、コレーエッツ艦へ魚雷攻撃をし、沈没させたニュースを新聞で見た猪太郎は、多くの日本国民同様に拍手喝采をした。

列強帝国主義の時代、アジア諸国は辛酸を嘗めてきている。ロシア帝国としては、まさか日本のような小国が、戦争を仕掛けてくるとは思いもよらなかったに違いない。この時、政府、軍、国民は一丸となって戦っていた。大国ロシアに敗れたら、日本は滅びるのである。国そのものを賭けた、勝つしかない戦争であった。

――日本など極東の兵力だけで倒せる。

帝政ロシアニコライ二世は慢心していた。ロシアは旅順を難攻不落の要塞都市にしていた。日本海軍としては、旅順港にいたロシア軍艦十六隻（戦艦クレトヴィザン、ツエザレーウイチ、巡洋艦バラーダ含む）を旅順湾内へ閉塞する作戦を実行した。第二回の攻撃が行われ、福井丸に乗船した広瀬中佐が自沈したのはこの時であった。

札幌にもようやく遅い夏が到来した頃、猪太郎に陸軍から召集令状が届いた。

「こんな中年男まで引っ張りださにゃあ、露助に勝てねえのかよ？」

猪太郎は、三十歳になっていた。開拓民には多少の優遇もあったようだが、国家危急存亡の時である。二十代、三十代の男は、容赦なく狩り出された。

「民……、寅治、民吉のことは任せたぞ。立派な男子に育ててくれよ」

猪太郎は、万が一のことを考え、妻民へ後のことを託した。

「ハイ、お前様、くれぐれも命を粗末に扱わないでおくれよ。生きて戻ってきておくれよ……」

民はまだ二十代の女盛りである。この若さで戦争未亡人になって、二人の男子を育てる自信はなかった。

「ああ、必ず生きて帰ってくるさ！」

猪太郎は決意を固め、日本陸軍旭川第七師団第十三旅団騎兵連隊へ入隊するのであった。明治政府が予想だにしなかったのは、近代戦の死傷者の数であったという。

五月一日、陸軍第一軍が鴨緑江を渡って戦い、南山を占領するまでに四千三百八十一人の死傷者を出している。（六月十四日）得利寺戦では千百四十五人（七月二十三日）、大石橋戦では千百六十三人、最も死傷者が多いのは、一ヶ月後に猪太郎が配属された日本陸軍第三軍であった。

――旅順港に停泊しているロシア軍艦十六隻を全滅させる。

日本海軍としては、ロシア海軍本隊であるバルチック艦隊が日本近海へ到着する前に、旅順のロシア艦隊を撃沈する必要があったのである。そのため、日本陸軍に是が非でも旅順要塞を陥落させ、湾内を見下ろせる高地から、旅順艦隊へ向けて大砲を撃ち込んでもらいたかったのである。

猪太郎が配属される日本陸軍第三軍の司令官は、乃木希典大将であった。十年前の日清戦争の際、旅順をたった一日の戦闘で陥落させた実績があった。長州出身の乃木大将は、陸軍総参謀長児玉源太郎の親友であり、この人事は至極当然の成り行きであった。

明治三十七年七月二十五日から、第三軍第一師団（東京）、第九師団（金沢）、第十一師団（四国）による旅順要塞攻囲戦が始まった。第十一師団が大狐山、小狐山のロシア野戦陣地を攻め落とした後、八月十九日、第一回旅順総攻撃が開始された。

第三軍の兵力は五万七千七百人、うち旅順要塞総攻撃の死傷者は一万五千八百人となった。ロシア兵の損害は日本の約一割、まさに大敗を喫してしまった。

「要塞砲に小銃と刀で突入しろっていうのかい？」

第三軍敗北の情報を旭川駐屯地で聞いた猪太郎は、死を覚悟した。猪太郎は、祖父や父親から、戊辰戦争の話は聞かされていた。上野の山に立て籠もる幕府軍彰義隊は、新政府軍のアームストロング砲という最新兵器によって壊滅させられた。

「最新兵器には最新兵器だろうがー。俺には可愛い女房と寅治、民吉が待っているんじゃ。札幌には家も土地もあるっていうのに、旅順なんて所で死ねるかよオ」

猪太郎は、たとえ臆病といわれようが、旅順へ送られたら、いざという時は逃亡しようと思っていた。

九月五日、第一師団参謀星野金吾大佐は、旅順北西部の湾内を見下ろせる二〇三高地への攻撃を進言し、採択された。

第三軍もこれだけの犠牲を払って、黙っている訳にはいかなかった。要塞に向けて坑道を掘り、日本沿岸に配備していた二八センチ榴弾砲を旅順へ運搬させた。通常大砲の三倍はあるであろう二八センチ榴弾砲十八門が、第三軍の指揮下に揃うことになった。

十月二十六日、第二回総攻撃が開始された。二八センチ榴弾砲が炸裂し、ロシア軍要塞へ数十発も着弾した。その効果は絶大であった。ロシア軍の死傷者は、日本軍のそれを上回ったという。（日本軍三千八百三十人。ロシア軍五千六十九人。）

しかし、ロシア軍要塞への正面攻撃（東鶏冠山堡塁、松樹山堡塁、椅子山堡塁など）だけでなく、二〇三高地への攻撃も行うが、どの堡塁も占領することが出来ず、第二回総攻撃も失敗に終わった。

「旅順要塞ってのは難攻不落か……それにしても乃木大将ってのは、正面攻撃が好きだな……、アホなんじゃろか？」

と、猪太郎は、正直思っていた。曾祖父だけではなかった。この第二回総攻撃の失敗で、乃木大将の更迭を望む声が日本中で起こっていた。乃木を無能将軍と責めるのは酷であろう。ベトンで固めた要塞に対し、坑道を掘り、強力な爆薬で敵要塞を粉砕する工兵を送らぬ大本営も悪いのではないか。

――北海道の予備兵力第七師団を旅順へ投入するしかあるまい。

十一月十三日、大本営という名の死に神が、猪太郎たち北海道民を呼び寄せた。

猪太郎は、身震いしながら、旅順北東部大連へと渡っていった。

「ついに来たか。地獄からの使者が……」

――敵の弱点である二〇三高地へ総攻撃をかけるべし。

総参謀長児玉源太郎の命令により、第三軍決死の作戦が行われた。この戦でまた敗北すれば、日本陸軍にはもはや予備兵力はなくなるのである。

「ここが年貢の納め時か、南無阿弥陀仏……」

と、猪太郎が神仏に拝んでいると、三日後、第一師団の兵力はほとんど消耗してしまい、予備兵力第七師団を二〇三高地へ投入せざるを得ない状況になったのである。残存する第一師団と第七師団の指揮を大迫中将が執った。

「ロシアの息の根を止めるのは、今この時ぞッ、者ども、二〇三高地山頂へ日章旗を掲げよ！」

と、大迫中将は前線の兵士たちに檄を飛ばした。二八センチ榴弾砲が絶え間なく、旅順要塞へ発射された後、猪太郎ら第七師団の兵士たちは二〇三高地を守るロシア軍の元へ突入していった。

「露助め、日本男子をなめるな！」

猪太郎は、勇気を振り絞って斬り込んでいった。明治時代、日本人ほど勇気のあるアジア人はいなかったであろう。白人大国とまともに戦ったのは、日本人だけであった。

十二月六日、ついに二〇三高地は占領された。死傷者一万六千九百三十五人、まさに流血の死闘であった。

日本陸軍はただちに二八センチ榴弾砲を二〇三高地へ移動し、旅順港内にいるロシア艦隊へ向けて発砲を開始した。八月十日の黄海海戦で傷ついていたロシア艦隊は、次々と沈没していったのである。

「みたか、露助め！　これが日本陸軍の強さだッ、ざまーみろ！」

二〇三高地を占領した猪太郎二等兵は、ロシア兵に脛を噛まれた程度の軽傷しかおっていなかった。それはそのまま、来たるべき日露最終決戦である奉天会戦へ参戦することを意味していた。

ロシア降伏

明治三十八年二月二十七日、日本軍二十五万、ロシア軍三十二万は奉天の地で開戦をした。総力戦という意味では、日本軍の圧倒的不利な戦争であった。ロシア帝国には、本国モスクワに予備兵力があり、長期戦になれば有利に働くのである。日本軍には予備兵力などなく、軍事予算も底を尽き、世界各国に戦時外債を発行して、何とか戦争を続けているのである。この一戦に勝利して、米国を仲介して講和に持って行きたかったのである。

日本軍の前線の司令官には後がない、背水の陣であった。ロシア帝国極東司令官クロパトキン将軍には、余裕のある極東での戦闘に過ぎなかった。その必死さの違いが、奉天戦で露見したと思われる。

奉天戦での日本軍兵士たちの勇猛さは、ロシア軍三十二万の兵士たちを悩ませることになった。奉天正面を守るクロパトキンの軍に対し、日本陸軍第一軍、第二軍は、四時間ぶっ通しで機関銃を撃ち続けたという。この攻撃により、ロシア軍死傷者は日本軍死傷者を上回っていったという。

猪太郎二等兵所属の第七師団は、乃木大将率いる第三軍の中に組み込まれていた。（第三軍三万四十四人内、第七師団九千二百二十九人。ちなみに第八師団の司令官は、猪太郎二等兵の父次郎吉が世話になった立見尚文男爵であった。）

第三軍の使命は、左翼から迂回し、奉天北方の鉄道を遮断することにあった。

「少ない方の兵が、大軍を包囲するなんて話は聞いたことねえぞ……」

猪太郎は、ロシア兵に噛まれた足首の傷をかばいながら、第七師団の後方部隊に付いていった。猪太郎は強運であった。所属する第七師団は本来、北海道にいた日本の予備兵力であった。旅順での死傷者が、予想外なほど大きくなり、仕方なく、虎の子ともいうべき第七師団を旅順へ送ったのである。旅順での死闘により、第七師団の大半が死傷してしまったというのに、猪太郎は無傷に近かった。この奉天戦では、敵の背後をつく迂回作戦の一兵士として参加することになった。

——第三軍恐るべし。

極東司令官クロパトキンは、永久要塞旅順を四ヶ月で陥落させた日本陸軍第三軍を、必要以上に恐怖していた。そのため、第三軍が北方へ移動している、という報告を聞いた時、極東軍本隊をそれに向かわせたのである。

三月七日未明から、ロシア軍は奉天北方鉄嶺という町まで、退却していったのである。

——ロシア、退却。

この報告を聞いて、戦争に疲れ果てていた日本政府、兵士たちの間からは喝采が起こった。

「露助の野郎、強いのか、弱いのか、分からねえや、チキショウめ！」

猪太郎は、嬉し涙を流しながら、奉天市街へ向かって駆けだしていた。

三月十一日、ついに奉天は日本軍によって、占領されたのである。その後もロシア軍の退却は止まらず、日本軍は鉄嶺を占領する。（二十二日）ロシア軍は公主嶺まで撤退していった。この時点で日本軍の死傷者は七万人。ロシア軍は九万人。捕虜は二万一千七百九十二人にもなったという。

戦術的には、日露戦争は日本の大勝利であったろう。この二ヶ月後に行われる日本海海戦でも、日本海軍はロシアのバルチック艦隊を全滅させてしまうのである。日本国は全財産を使って戦争を遂行し、勝って勝って勝ちまくり、戦費も兵士も底をついたというのが現状であったのである。

凱旋帰国

猪太郎は、奉天戦で流れ弾を右足に受け、現地の野戦病院でしばし休養していた。

「これで、札幌へ帰れるな……」

と、猪太郎は胸を撫で下ろしていた。これから夏に向けて、農作業は一番多忙を極めるのである。幼い兄弟を抱えて、女房一人に任せておくわけにはいかなかった。

七月になって、猪太郎たち負傷兵は、内地へ送還されることになった。

「日本海を渡りやぁ、北海道だべさ」

猪太郎は、同じ旭川第七師団の負傷兵に云った。

「ああ、開拓の地、北海道だべさ」

第七師団の兵士たちにとって、感無量であったろう。北海道をロシア帝国から守るために、この第七師団は旭川に駐屯したようなものであった。見事にその使命を果たし、帰国するのである。明治三十七年間で、よくも一万を超える北海道出身者の兵隊を集めたものであった。皆々、原野北海道を開拓している途上にあって、日露戦争という日本国が命運を賭けた大戦争に駆り出されたのであった。

猪太郎が小樽港へ到着した頃、第十三師団は樺太へ上陸していた。（七月七日）米国大統領セオドア・ルーズベルトの助言により、事実上ロシアに占領されていた樺太を奪い返しにいった。この時、樺太にはロシアの守備兵は二千人しかおらず、さしたる抵抗もなく七月三十一日、全島を制圧した。（四十五年後、ロシアはこの時の恨みを晴らしている。第二次世界大戦末期、日ソ中立条約を破棄して、樺太、千島列島を火事場の泥棒のように占拠した。歴史的にも樺太、千島は日本国固有の領土だと分かるが、ロシア人の領土欲は鳥獣のように浅ましく、根室半島に近い四島すら返還せず、現在に至っている。）

ともあれ、猪太郎は故郷へ帰ってきた。

「札幌が、俺の故郷さ！」

猪太郎は、馬車で豊平村まで戻ってきた。駆けよってきた五歳になる寅治と二歳の民吉を抱き締め、そう云った。

「あんた、よくまあご無事で……」

民は、猪太郎の痩せ衰えて足を引きずっている姿を見て、涙が溢れた。

「民よ、心配するこたあねえ、旭川第七師団の仲間は皆ほとんどやられちまったんだ。この程度の傷で帰ってこれたんだ。お天道様に感謝しなくちゃあな……」

と、猪太郎は民や息子らに明るく云った。

「父ちゃん、露助をやっつけたのかい？」

寅治は英雄を見るように云った。

「ああ、父ちゃんが露助を何百人もやっつけてやった」

猪太郎は得意げに云ってやった。

「すごいや、父ちゃん、すごいや！」

寅治も民吉も、大喜びしている。

「まあ、民吉まで一緒になって、露助なんて分かってるのかしら？」

民は来月で満二歳になる民吉を抱き締めて微笑した。

「ああ、分かってるさ、お前らが大人になる頃、露助は北海道へ攻めて来るだろう。そん時や
あ、寅治、民吉、頼んだぞ、お前らがロシアを倒すんだぞ！」

猪太郎は、寅治、民吉の頭を撫でてやり、本気でそう云っていた。

「うん、分かったよ、父ちゃん、民吉と一緒に露助をぶっ飛ばしてやるよ！」

寅治は空に向かい、そう云った。

「まあ、たくましいこと……」

民は嬉しくて涙ぐんでいる。一家を引き裂いた、悪夢の戦争は終わったのである。

「君死にたまふことなかれ、（略）親のなさけはまさりしも、親は刃《やいば》をにぎらせて人を殺せと
をしへしや、人を殺して死ねよとて二十四までをそだてしや」
（明治三十七年九月、歌人与謝野晶子は、旅順に出征していく弟に対し、反戦の歌を詠んだ。
何十万という日本人が戦死した、この日露戦争という悲劇を、この歌人は一篇の歌に託したの
かもしれない。）

それからの猪太郎一家は、林檎畑を二反田まで広げ、夏野菜やジャガイモなども収穫するよ
うになった。貧乏ではあるが、子供たちを学校へ行かせてやるだけの余裕が生まれていた。寅
治は中学を卒業すると、父親の後を継ぎ、専業農家をやるつもりであった。

「えらいぞ、寅治」

猪太郎は事あるごとに、寅治を褒めた。寅治は性格も実直で、学校の成績もいつも上位であった。戦前までの日本社会では長男は当主になるべき立場であり、その他の兄弟たちは庶子でしかなかった。

「民吉がまた喧嘩して……」

母親の民は、次男民吉の将来が心配で仕方なかったらしい。

「民吉のヤロー、せっかく中学へ入れてやったのに、学問もしねえで、毎日喧嘩ばかりしてきおってえ……」

父親の猪太郎も腕白な民吉に対し、あきれ果てていた。何度も殴って言い聞かせても、悪餓鬼たちとの付き合いをやめないのである。

「ふん、兄貴ばかり可愛がりおってえ……」

と、次男民吉には民吉の言い分があるらしい。阿順を知る日本男子として、兄を立てなければいけないのは分かっている。ただ、民吉は大正デモクラシーの世に成長した、新日本人であった。アメリカやヨーロッパ諸国の文化に憧れを抱いていた。

――俺ア、東京へいく！

民吉の信念は変わらなかった。父猪太郎は北海道に新天地を夢見た。民吉にとって、北海道など馬糞の臭いのする田舎に過ぎなかった。大都会東京へ行けば、自分の好きなモダンな文化が味わえるに違いない。この貧乏から脱出できるに違いない。そう信じて疑わなかった。

今も昔も田舎少年の心理というものは、変わらないものらしい。

成功者

猪太郎の次男民吉は、筆者の祖父である。

祖父は猪太郎とは正反対の道を選んだ。大正五年、中学を中退し、十五歳の若さで男一匹、札幌を出奔した。東京で一旗揚げるつもりであったという。

民吉爺は、筆者が満十五歳の頃、東京で亡くなった。筆者は幼少時、小児喘息を患い、鎌倉の民吉爺の邸宅で一年間、一緒に暮らした。民吉爺はモダンな人で、朝食はフランスパンとコーヒーですませ、家の中には世界中の画家たちの絵画が飾られていたのを覚えている。筆者はこの民吉爺に、よく可愛いがられたものである。

民吉爺が何故、札幌を家出したのかはよく分からない。本人が語っていないため、想像するしかない。一、貧民街での家業が嫌になったのか。一、長男ばかり可愛がる猪太郎民夫婦に愛想を尽かしたのか。一、都会に出て、文化、芸術の世界に身を置きたかったから。おそらくはこのような理由からであろう。大正時代の東京は、未開地から出てきた民吉にとって、夢のような都市に映ったことであろう。民吉は上京し、上野ガード下からスタートし、土方など小僧でも雇ってくれる、住み込みの仕事をするしかなかった。たまの休みには、銀座へ出かけ、大好きな外国映画を観あさったという。

――東京こそ文化都市だ！

上京した田舎少年が誰でも思う感想を、民吉も持ったに違いない。東京の人口は二百万、札幌はまだ十万に過ぎない。

「二度と札幌へは戻らない」

この時、民吉はそう誓った。大正十四年、三浦半島の農家山田作二郎の五女、キンと結婚した時も、実家には手紙を送付しただけであったという。

――北の人は、北を捨てた人に冷たい。

実父猪太郎と民吉の関係は、疎遠になっていったという。

「俺は東京で、一国一城の主となる！」

民吉爺は、北海道人独特の根性をもっていた。厳寒地北海道にて、家業の林檎畑で働くことを考えれば、東京での生活は天国であったろう。昭和元年には嫡子信隆が誕生し、五年後には我が父峻二も生まれている。この時期、民吉は豊島区に家を借り、帝國ホテルで働いていたという。無論、下働きから入ったようだが、徐々にシェフになっていったようである。戦後、徐《おもむろ》に台所へいき、マヨネーズを作ったというから、素人でないことは確かであった。

戦争が始まる迄に、三男二女をもうけた。嫡男信隆、次男峻二、三男民雄、長女玲子、次女葉子と家族七人仲むつまじげな暮らしがあったそうである。

父猪太郎と同じく、幸福の最中、大東亜戦争が勃発するのであった。

「そりゃあ恐ろしい爺さんだったよ」

我が父峻二は、猪太郎爺の印象をそう云っていた。戦争中、子供たちは猪太郎爺の札幌の家へ疎開していたそうである。戦争に参加したのは、民吉の嫡男信隆伯父ただ一人であった。昭和十五年、伯父は中学を卒業すると、帝國海軍飛行予科練習生に入隊したという。やがて大東亜戦争は激化し、伯父は神風特攻隊員に志願したという。

昭和二十年八月、出撃の一日前、戦争は終結したそうである。大東亜戦争とは、日本側の呼称である。アメリカ側は太平洋戦争、世界的には第二次世界大戦である。昭和十年より始まった日中戦争から対英米戦争を併せて、大東亜戦争と呼んだのであろう。この時代、日本は徴兵制であり、成人した男子は必ず軍隊へ入隊する義務がある。

帝國陸軍関東軍首脳部が、統帥権を拡大解釈して、内閣を無視し、独断で中国と戦争を始め、満州国を建立させ、日中戦争の泥沼化へと突き進んでいったのである。統帥権とは大日本帝国憲法の「天皇は陸海軍を統帥す」の条文を、天皇は軍隊を直率していると都合のいい解釈をし、内閣と独立した存在として、文民統制されることを拒否した。昭和十六年には、内閣さえも陸軍が支配し、太平洋戦争を起こしたといえる。

日露戦争の頃は、文民統制が行き届いていたため、陸海軍は元老伊藤博文や山縣有朋に逆らうことはしなかった。それ故、内閣は一年余り戦争をした後、アメリカを仲介して講和を行い、ロシアの横暴を押さえることに成功したのである。太平洋戦争時の首脳部であったなら、日露戦争は大敗北していたであろう。

太平洋戦争時の日本軍は、上にいけばいくほど、無能な人材になっていった。世界的にも日本軍の兵士は最も頑強である、といわれたが、指導者の作戦は稚拙なものが多かった。山本五十六のハワイ真珠湾攻撃も不完全な作戦であった。戦後、アメリカの研究チームによるシミュレーション結果では、ハワイ沖で堂々と戦った方が圧勝するという結果が出たのである。半年後のミッドウェイ作戦は、さらに酷い作戦であった。激戦中に航空機の爆弾を三回も装着し直すという愚を犯したため、アメリカ雷撃隊の餌食となった。日本海軍は多くのパイロットと空母四隻を失い、大敗北を喫したのである。この時も山本は後方の安全な海域を、戦艦大和に乗って観ていた。日露戦争時、常に先頭に立っていた東郷平八郎とは正反対であった。秋山真之のような天才参謀も一人もいなかった。

優秀な兵士を含む三百万の日本人が死亡した、悪夢のような太平洋戦争は終わった。

「札幌から帰ってきたら、東京は一面焼け野原だったよ」

生前、父はそう感想を述べていた。戦後、特攻隊員の伯父も復員し、祖父民吉は、神田駿河台に土地を求め、近郊の青果市場で働くことになった。一つ屋根の下、貧乏ながら幸福な日々であったそうである。

昭和三十年、信隆伯父禮子伯母の間に、嫡子一兄が誕生した。この時の民吉爺の喜びようは大変なものであったという。猪太郎爺もまだ健在で、札幌からひ孫を見に来ていたらしい。時は高度成長期といわれた世であり、東京オリンピックに向けて、東京の町は活気に満ちあふれていた。民吉爺は駿河台の高台に、レストランの入ったビルを建築しようと計画していた。

「民吉、よくやった……」

猪太郎爺は、次男民吉の出世を、心から祝福していたという。

——札幌開拓民の世は終わった。後は余生だ……。

それから三年後、猪太郎爺は父次郎吉とともに開墾した豊平の地で、ひっそりと息を引き取った。享年八十四歳の天寿を全うした。

豊平区にあった猪太郎爺の墓は、区画整理のために、札幌市郊外の里塚霊園という広大な墓地へ移された。猪太郎が開墾した豊平の地には、林檎の木一本さえもなくなってしまった。大都市札幌には、もはや開拓民の面影さえも無くなってしまった。

了

赤塚　一誠（あかつか・いっせい）

東京都神田生まれ。京都芸術大学美術科卒業。シナリオセンター中退。文藝学校修了。集英社新人漫画賞受賞。幻冬舎シナリオ大賞受賞。

錦糸町の鬼子母神

2024年3月13日　第1刷発行

著　者　　赤塚一誠

発行人　　大杉　剛

発行所　　株式会社 風詠社
〒553-0001 大阪市福島区海老江5-2-2 大拓ビル5-7階
Tel 06（6136）8657　https://fueisha.com/

発売元　　株式会社 星雲社（共同出版社・流通責任出版社）
〒112-0005 東京都文京区水道1-3-30
Tel 03（3868）3275

印刷・製本　小野高速印刷 株式会社

ISBN978-4-434-33555-6 C0093

郵 便 は が き

料金受取人払郵便

大阪北局
承 認
1635

差出有効期間
2025 年 1 月
31日まで
(切手不要)

553-8790

018

大阪市福島区海老江5-2-2-710

㈱風詠社

愛読者カード係 行

ふりがな お名前			大正 昭和 平成 令和 年生 歳	
ふりがな ご住所	□□□-□□□□			性別 男・女
お電話 番 号		ご職業		
E-mail				
書 名				
お買上 書 店	都道 府県 市区 郡	書店名	書	
		ご購入日	年 月	

本書をお買い求めになった動機は？
1. 書店店頭で見て　2. インターネット書店で見て
3. 知人にすすめられて　4. ホームページを見て
5. 広告、記事（新聞、雑誌、ポスター等）を見て（新聞、雑誌名

詠社の本をお買い求めいただき誠にありがとうございます。
の愛読者カードは小社出版の企画等に役立たせていただきます。

書についてのご意見、ご感想をお聞かせください。 内容について
カバー、タイトル、帯について
社、及び弊社刊行物に対するご意見、ご感想をお聞かせください。
近読んでおもしろかった本やこれから読んでみたい本をお教えください。

購読雑誌（複数可）	ご購読新聞 新聞

協力ありがとうございました。

客様の個人情報は、小社からの連絡のみに使用します。社外に提供することは一切りません。